डिवाइन डी

परमाणु खतरे की आहट

दैविक खरयाल

उन सभी बच्चों को समर्पित जो दुनिया के भविष्य और मानवता को बचाने का सपना देखते हैं I

क्रम-सूची

प्रस्तावना — vii

भूमिका — ix

पावती (स्वीकृति) — xiii

आमुख — xv

चित्रांकन — xxvii

1. परमाणु आतंक की आहट — 1

2. सुडालू साम्राज्य के 'डिवाइन डी' बालवीर — 7

3. डिवाइन डी प्लेनेट — 10

4. जस्ट इमेजिन — 14

5. तबाही के दो भाई — 17

6. वैज्ञानिक जीवन को खतरा — 21

7. डिवाइन उपकरणों की जांच — 25

8. डिवाइन डी :- युवा सुपरहीरोज का उदय — 30

9. तबाही के बेकाबू सुपरनोवा — 38

10. सुडालू में घमासान — 40

11. डिवाइन डी शक्तियों की जांच — 44

12. एम-4 में मची खलबली — 48

13. दो सुपर पावर का आमना सामना :- सुडालू का संग्राम — 51

14. बेकाबू शक्तियों का अंत — 55

प्रस्तावना

डिवाइन एंथम

डिवाइन डी, डिवाइन डी,

हम हैं टीम डिवाइन डी I

हम हैं जैसे उड़ते पतंग,

सदा रहते सच्चाई के संग II

आओ सब मिलाओ हाथ,

लड़ेंगे पूरी ताकत के साथ I

आने वाले कल के नायक,

हम हैं शक्ति के परिचायक II

रखते खबर हर पल की,

हम हैं टीम डिवाइन डी।I

दैविक खरयाल का जन्म 12 नवंबर 2013 को हिमाचल प्रदेश के हमीरपुर जिला के गांव अघार में हुआ I अपने पिता की नौकरी के कारण आपकी शिक्षा ढिलवा इंटरनेशनल पब्लिक स्कूल (डिप्स) सूरानसी, जालंधर, पंजाब से शुरू हुई I उसके बाद माउंट मौर्य पब्लिक स्कूल, जोगिंदर नगर, हिमाचल प्रदेश और अल्पाइन पब्लिक स्कूल नालागढ़, सोलन, हिमाचल प्रदेश जैसे स्कूलों में पढ़ने के पश्चात वर्तमान में आप एम0आर0ए0 डी0ए0वी0 पब्लिक स्कूल सोलन मे छठी कक्षा के छात्र हैं I भिन्न-भिन्न स्कूलों में पढ़ने तथा माता-पिता के लेखन कार्य क्षेत्र में रुचि होने के कारण आपका रुझान चित्रकला तथा लेखन के प्रति छोटी कक्षाओं से ही रहा है I इसी वर्ष प्रकाशित एक बाल काव्य पुस्तक "बाल प्रहर" की प्रस्तावना में आपके द्वारा बनाए गए चित्र को प्रकाशित किया गया I टीवी प्रोग्राम्स में कार्टून सुपरहीरोज को देखते देखते आपके मन में यह भावना उत्पन्न हुई कि अपनी एक कॉमिक्स बुक या कोई सुपर हीरोज की पुस्तक श्रृंखला खुद भी लिखी जा सकती है I धीरे-धीरे आपने कुछ काल्पनिक कहानियां लिखना शुरू किया तथा "पोरामैन" नामक एक छोटी सी काल्पनिक कहानी बनाई जो की एक सुपर हीरो

के ऊपर आधारित थी I आपके माता-पिता तथा अध्यापिका ने जब इसे पढ़ा तो कुछ और बड़ा लिखने के लिए आपको प्रोत्साहित किया I इससे प्रभावित होकर आपने डिवाइन डी नामक एक साइंस फिक्शन सीरीज लिखने का फैसला किया I लगभग 6 महीने तक सुबह या शाम हर रोज थोड़ा-थोड़ा समय निकालकर इस श्रृंखला का पहला भाग लिखा जो कि हाल ही में बनकर हो पूरा हो गया I इस पुस्तक के चित्रांकन भाग के लिए आपने अपने माता-पिता को चुना I साथ ही आपने इस पुस्तक के अंग्रेजी संस्करण के लिए भी तैयारी शुरू कर दी है I परमाणु हथियारों के खतरे तथा उनको रोकने के लिए प्रतिबद्ध सुपर हीरोज डिवाइन डी टीम के ऊपर लिखी इस पुस्तक के लिए निश्चय ही आपने विज्ञान तथा इससे जुड़ी हुई जानकारियां प्राप्त करने के लिए कुछ समय व्यतीत किया होगा I यह पुस्तक आपके जीवन का प्रथम प्रकाशित साहित्य है I इस बाल उम्र में लेखन तथा चित्रकला के प्रति आपकी रुचि को देखते हुए यह उम्मीद की जा सकती है कि निश्चय ही आप इन क्षेत्रों में अपना काफी लंबा योगदान दे सकते हैं I उम्मीद है कि पाठकों को, विशेषकर बाल तथा युवा वर्ग को आपकी यह पहल पसंद आएगी I

भूमिका

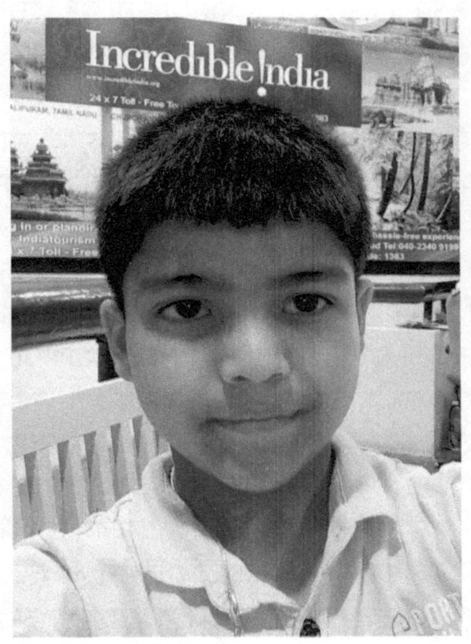

दैविक खरयाल

हम सब हमेशा ही इतिहास के बारे में सुनते आए हैं I मनुष्य शुरू से ही एक बहुत बड़ा आविष्कारक रहा है I जाने-अनजाने में उसने कई छोटी-बड़ी खोजें की हैं I इन आविष्कारों ने हमेशा ही कई जिंदगियों को आसान बनाया है I विज्ञान हमेशा से ही मनुष्य के हाथ की कठपुतली रहा है लेकिन उसके द्वारा किए गए कई आविष्कारों ने कई बार मनुष्य को ही विज्ञान की कठपुतली बना दिया है I कई बड़े वैज्ञानिकों ने खोज करते हुए कभी सपने में भी यह नहीं सोचा होगा कि उनके द्वारा किया गया आविष्कार पूरी धरती से जीवन का नामोनिशान मिटा सकता है I जब मशहूर भौतिक विज्ञानी जे0 रॉबर्ट ओपेनहाइमर ने परमाणु बम

का आविष्कार किया था तब उन्हें खुद भी अंदाजा नहीं होगा कि वह इस कदर तबाही मचाएगा I जापान के दो बड़े शहर हिरोशिमा और नागासाकी बुरी तरह से तबाह हो गए I लाखों लोगों की जान चली गई थी I विज्ञान अगर गलत हाथों में पड़ जाए तो वह विनाश ही लाता है I वर्तमान समय में विज्ञान के कई आविष्कार हम सब के जीवन को सुविधाजनक बना रहे हैं लेकिन क्या हो अगर इन सब का इस्तेमाल गलत उद्देश्यों में होने लग जाए ? तब क्या हम पृथ्वी पर सभी तरह के जीवन को बचा पाएंगे ? आखिर कैसे निपट पाएंगे हम सब भविष्य में आने वाले इन सब खतरों से ?

मैंने टीवी पर कई कार्टूनों में यह देखा है कि जब भी धरती पर जीवन संकट में होता है तो एक सुपर हीरो या सुपर हीरोज की टोली दुश्मनों को हराकर हर खतरे को टाल देती है I क्या सच में ऐसा होगा ? क्या सच में कोई सुपर हीरो हमारे भविष्य में सामने आकर हमें बचा लेगा ? या हमें खुद ही सुपर हीरो बनना होगा ? मगर कैसे ? हमारे पास तो कोई सुपर पावर भी नहीं है I तब मैंने सोचा बाकी कार्टूनों के सुपर हीरो देखने से अच्छा है क्यों ना मैं खुद की एक सुपर हीरो टीम बनाऊं ? मैंने कुछ सोचा, कुछ लिखा, कागज पर सुपर हीरोज और विलेन की कई तस्वीरें बनाई जो कि मुझे खुद ही पसंद नहीं आईं I मैंने कई बार कागज पर कुछ लिखा फिर उसे फाड़ दिया फिर दोबारा लिखा I कई आइडिया सोचे, तब जाकर एक कहानी लिखी और साथ ही उसके कुछ कैरेक्टर्स बनाए I मेरे मम्मी-पापा को यह कहानी काफी पसंद आई और मुझे और ज्यादा लिखने को कहा I मेरे पापा ने मुझसे कहा था कि अगर तुम और अच्छा लिखोगे और हमारे सुझावों पर गौर करोगे तो एक दिन तुम्हारी अपनी एक किताब छप सकती है I मेरी मम्मी-पापा ने इस किताब की कहानी के पात्रों का चित्रांकन करने का वादा किया था I हम सभी ने अपना अपना वादा निभा दिया है और परिणाम के तौर पर हमारी पुस्तक "डिवाइन डी" सीरीज का प्रथम भाग बनकर तैयार हो गया I सबसे पहले मैं मां सरस्वती का अभिवादन करता हूं जिन्होंने मुझे इसे लिखने के काबिल बनाया I उसके बाद मैं धन्यवाद करता हूं अपनी मम्मी पापा का, जिन्होंने इस सारे काम में मेरी पूरी मदद की तथा मार्गदर्शन किया I मैं एम 0 आर0 ए0 डी0

ए0 वी0 विद्यालय सोलन की प्रधानाचार्य श्रीमती मासूमा सिंघा मैम, मेरे सभी शिक्षकों विशेषकर श्रीमती राधिका भारद्वाज मैम (मेरी हिंदी अध्यापिका), श्रीमती नताशा मैम (अध्यापिका, स्किल डेवलपमेंट) का धन्यवाद करता हूं जिन्होंने मुझे रचनात्मक सोचना सिखाया I 'डिवाइन डी' पुस्तक सीरीज सामान्य दिखने वाले तीन दसवीं कक्षा के अफ्रीकन जनजातीय छात्रों तथा उनके कुत्ते के ऊपर आधारित काल्पनिक कहानियों की किताब है जो एक दिन अचानक दैवीय शक्तियां पा लेते हैं तथा फिर उनका मिशन बुरे इरादों वाली शक्तियों से लड़ना हो जाता है I

उम्मीद है आप सबको मेरी यह प्रथम कोशिश जरूर पसंद आएगी और आप इसे जरुर पढ़ेंगे I

दैविक खरयाल

पावती (स्वीकृति)

इस पुस्तक की कहानी, सभी पात्र, चित्र, स्थान व घटनाएं काल्पनिक हैं I किसी भी व्यक्ति, नाम, घटना व स्थान के साथ इसका कोई वास्तविक संबंध नहीं है I अगर ऐसा होता है तो यह महज एक संयोग होगा I

आमुख

पात्र परिचय

नायक :- टीम डिवाइन डी

डूमा :- युवा सुपरहीरो टीम का मुख्य सदस्य, अफ्रीका महाद्वीप के सुडालू साम्राज्य के एक जनजातीय गांव मालूगी गांव का दसवीं कक्षा का एक सामान्य छात्र जो एक दिन कई दैविक शक्तियों का मालिक बन जाता है, अपने दो और साथियों के साथ मिलकर टीम डिवाइन डी का गठन करता है I विज्ञान में बहुत तेज रुचि एवं ज्ञान I

डूमा

डैसमंड:- डूमा का दोस्त तथा डिवाइन डी टीम का सदस्य I हथियारों और औजार की इंजीनियरिंग का बहुत ज्ञान, खूब असली जैसे दिखने वाले यंत्र बनाना तथा जबरदस्त चित्रकला का हुनर I

डैसमंड

डियारा :- डिवाइन डी टीम की तीसरी सदस्य, डूमा और डैसमंड की दोस्त, अद्भुत याददाश्त और सामान्य ज्ञान, नक्शा, रास्तों आदि को कभी ना भूलने वाली I

डियारा

डोडी :- डिवाइन डी टीम का चौथा सदस्य, एक कुत्ते का बच्चा, डिवाइन डी शक्तियां मिलते ही सूंघने, रात को अंधेरे में देखने तथा टीम के बाकी सदस्यों की तरह कुछ अन्य शक्तियां l

डोडी

खलनायक:- एम-4 टीम

मिस्टर मवाका :- अफ्रीका से एक परमाणु वैज्ञानिक I परमाणु हथियार बनाने में विशेषज्ञ I सपना है पूरे ब्रह्मांड पर राज करना

मिस्टर मवाका

डॉक्टर मिंग :- चीन का एक जीव वैज्ञानिक I डीएनए तकनीक से कई पशुओं पर अजीबोगरीब प्रयोग करने का माहिर I सपना है दुनिया का सबसे बड़ा जीव वैज्ञानिक बनना तथा जीवो की एक ऐसी प्रजाति बनाना जिस पर सिर्फ उसी का नियंत्रण हो I मिस्टर मवाका का साथी और एम-4 टीम का सदस्य I

डॉक्टर मिंग

सार्जेंट मिलानीकोवा:- रूसी सेना का एक पूर्व कमांडो और जासूस I किसी भी सुरक्षा चक्र को तोड़ने का माहिर I मार्शल आर्ट तथा सुरक्षा जानकारियां चुराने का विशेषज्ञ I

सार्जेंट मिलानीकोवा

मारियो डिकोस्टा (एम0डी0सी0):- एम0डी0सी0, मेक्सिको के जुर्म की काली दुनिया के बड़े काम धंधों का सबसे बड़ा व्यापारी I पैसे के दम पर मैं बड़ी-बड़ी शक्तियों को बनाना और तोड़ना I

मारियो डिकोस्टा (एम0डी0सी0)

यूरेनी :- मशहूर जीव वैज्ञानिक डॉक्टर मिंग द्वारा डीएनए म्यूटेशन का प्रयोग करके बनाया गया एक विशेष किस्म का डार्क मंकी I तबाही का बड़ा भाई

शक्तियां:- परमाणु ऊर्जा की शक्तियां, हथियार की तरह स्टील के तीखे नाखून, रात को अंधेरे में देखने की शक्ति, अपने आकार को छोटा बड़ा करने की शक्ति, अपनी आंखों और मुंह से परमाणु ऊर्जा की किरणें फेंकने की शक्ति, शरीर में यूरेनियम छुपाने की छुपी हुई थैली I बिल्डिंग

से बिल्डिंग तक आराम से कूदना

यूरेनी

प्लूटोनी :- तबाही का छोटा भाई,

शक्तियां:- अपनी आंखों और मुंह से परमाणु ऊर्जा की किरणें फेंकने की शक्ति, रात को अंधेरे में देखना, लोहे की 10 मोटी पाइपों को एक साथ मोड़ देना, हाथों में स्टील के छुपे हुए नाखून, यूरेनियम इकट्ठा करने के लिए एक छिपी हुई शरीर में थैली, लंबी दूरी तक बिना थके तैर लेना, बिल्डिंग से बिल्डिंग तक आराम से छलांग लगाना I

प्लूटोनी

चित्रांकन

चित्रांकन:-
नवीन खरयाल
बबीता जसवाल

1

परमाणु आतंक की आहट

यह उस समय की बात है जब सारा विश्व जलवायु परिवर्तन की चपेट में आ गया था I सब कुछ सोच से परे घट रहा था I लोग बाढ़, सूखा, जंगल की आग और अकाल जैसी परेशानियों से मर रहे थे I दुनिया के बड़े-बड़े सुपर पावर देश परमाणु हथियारों पर कब्जा करने के लिए एक दूसरे से लड़ने लगे थे I कई देशों की सरकारें फेल हो रही थी और कुछ बुरी शक्तियों की नजरें पूरे विश्व के परमाणु हथियारों पर लगी हुई थी I

ऐसे ही माहौल का फायदा उठाकर चार पेशेवरों की टीम पूरी दुनिया पर कब्जा करने की नीयत से एक बहुत ही खतरनाक मिशन "द डार्क मंकी" पर काम कर रही है I इसके लिए आज वह अपनी प्रयोगशाला एम-4 में अपनी पहली मीटिंग के लिए इकट्ठे हुए हैं I प्रयोगशाला एम-4 का गठन मिस्टर मवाका, एक अफ्रीकन, पूर्व परमाणु वैज्ञानिक ने किया था जो एक सुनसान टापू मोराबा पर स्थित है 1 आज यहां पर पहली मीटिंग है I

एम-4

मिस्टर मवाका: - हेलो दोस्तो, आप सबका स्वागत है I हेलो दोस्तों मैं हूं अफ्रीका से एक परमाणु वैज्ञानिक I मैं परमाणु हथियार बनाने में विशेषज्ञ हूं I मेरा सपना है पूरे ब्रह्मांड पर राज करना I

डॉक्टर मिंग :- मैं हूं डॉक्टर मिंग,

बनना चाहता हूं सुपर किंग I

चीन में था मेरा ठिकाना,

लक्ष्य मेरा नई दुनिया बनाना I

सार्जेंट मिलानीकोवा :- मैं हूं सार्जेंट मिलानीकोवा, एक रूसी सेना का पूर्व कमांडो और जासूस I मैं किसी भी सुरक्षा चक्र को तोड़ सकता हूं और सुरक्षा जानकारियां चुरा सकता हूं I

मारियो डी कोस्टा:- मेरा नाम है मारियो डी कोस्टा, लोग मुझे एम0डी0सी0 कहकर बुलाते हैं I मैं काली दुनिया के बड़े कामों का सबसे बड़ा व्यापारी हूं I पैसे के दम पर मैंने बड़ी-बड़ी शक्तियों को बनाया और

तोड़ा है I

डरने की क्या बात है,

जब एम0डी0सी0 साथ है I

मिस्टर मवाका :- जेंटलमैन आप सभी का टापू मोराबा पर एम-4 प्रयोगशाला में स्वागत है I जैसा कि आप सभी जानते हैं कि इस गुप्त प्रयोगशाला का आरंभ मैंने 10 वर्ष पहले किया था I मेरा एक ही मिशन था सारी दुनिया पर राज करना I मेरा सारा अनुभव परमाणु हथियारों को बनाने का रहा है I मैंने कुछ महत्वपूर्ण जानकारियां तथा समान चुराकर यहां पर अपना एक परमाणु संयंत्र शुरू किया I यह एक बहुत ही गुप्त ठिकाना है इसके बारे बाहरी दुनिया के लोगों को बिल्कुल भी जानकारी नहीं है I पर यह सब हमारे इतने बड़े मिशन के लिए काफी नहीं है I इसके लिए हमें बहुत सी शक्ति, परमाणु हथियार बनाने के लिए जरूरी सामान तथा तकनीकी जानकारी चाहिए I इसीलिए इस मिशन में मुझे आप सबकी सहायता की जरूरत है I

डॉक्टर मिंग :- धन्यवाद सर, मैं जानवरों के ऊपर रिसर्च का एक जीव वैज्ञानिक हूं I आपके इस मिशन में मेरी क्या जरूरत है ?

मिस्टर मवाका :- हा हा हा हा, चिंता मत करो डॉक्टर मिंग, मेरे पास आपके लिए एक सुपर-डुपर प्लान है I आप तीनों मेरे इस मिशन के हीरे हो I

सार्जेंट मिलानीकोवा :- पर इस सब में हमारा क्या फायदा ?

मिस्टर मवाका :- अरे-अरे मेरे भोले भाई, यहां मैं ब्रह्मांड पर कब्जा करने की बात सोच रहा हूं और तुम्हें छोटा-मोटा फायदा चाहिए ? यह तो एक कभी ना खत्म होने वाला खेल है, जिसमें हम सब आपस में ब्रह्मांड बांटेंगे I हम तो ब्रह्मांड के मालिक होंगे I

एम0डी0सी0:- हमारे इस मिशन का चीफ कौन होगा ?

मिस्टर मवाका :- वैसे तो हम सभी अपने-अपने कार्य क्षेत्र के माहिर हैं, हम सभी चीफ ही हैं लेकिन फिर भी इस मिशन की पूरी कामयाबी के लिए अगर हमें एक बॉस चुन लेंगे तो यह बहुत बढ़िया रहेगा I अब आप सब ही बताओ कि कौन बॉस होगा ?

डॉक्टर मिंग :- यह इतनी भी बड़ी बात नहीं है मिस्टर मवाका, क्योंकि तुमने अकेले यह सारा प्लान बनाया है तो मैं तो तुम्हें ही अपना बॉस चुनता हूं ?

मिलानीकोवा और एम0डी0सी0:- हां हां हम भी तुम्हें चुनते हैं I

मिस्टर मवाका :- धन्यवाद साथियो, तो आओ जशन मनाएं इस नए मिशन की शुरुआत का I

डॉक्टर मिंग :- इस नए मिशन का नाम क्या होगा, बॉस मवाका ?

मिस्टर मवाका :- इस पहले मिशन का नाम होगा, मिशन डार्क मंकी I

डॉक्टर मिंग :- अरे वाह i क्या अद्भुत नाम है I क्या इस मिशन का बंदरों के साथ कुछ लेना देना है बॉस ?

मिस्टर मवाका :- हां बिल्कुल, बंदर ही हमारे मिशन का मुख्य आधार हैं I

डॉक्टर मिंग :- थोड़ा खुलकर बताइए I

मिस्टर मवाका :- हमें काले बंदरों की एक सेना बनानी है I हमें सामान्य बंदरों को एक विशेष तरह की बंदरों की प्रजाति में बदलना होगा I काले बंदरों की एक विशेष सेना, जो परमाणु ऊर्जा और डीएनए में बदलाव से बनाई गई हो I जिस पर बाहर की परमाणु ऊर्जा असर न कर सके और वे हमें यूरेनियम ईंधन लाकर देंगे I

डॉक्टर मिंग :- पर ये बंदर उस यूरेनियम का करेंगे क्या ?

मिस्टर मवाका :- ये बंदर कुछ नहीं करेंगे, जो करेंगे हम करेंगे I ये तो बस हमारे गुलाम भर होंगे I इनका रंग ही काला नहीं होगा, बल्कि इनके काम भी काले होंगे I

डॉक्टर मिंग :- लेकिन यूरेनियम ही क्यों ?

मिस्टर मवाका :- यूरेनियम हमारे पूरे मिशन की जान है I पूरी दुनिया पर कब्जा करने के लिए हमें चाहिए ताकत I वह ताकत हमें परमाणु हथियारों से मिलेगी I और यूरेनियम हमें परमाणु हथियार बनाने में काम आएगा I

एम0डी0सी0:- लेकिन यह यूरेनियम बनता कैसे हैं ?

मिस्टर मवाका :- कई अरब साल पहले सुपरनोवा घटनाओं से यूरेनियम बना I आसान भाषा में कहें तो बड़े तारों के अंतिम चरण में फटने से बहुत सारी परमाणु ऊर्जा निकली और उससे यूरेनियम बना I यह एक भारी धातु है जिसमें बहुत सारी ऊर्जा छिपी हुई है I

मिलानीकोवा:- लेकिन बंदर ही क्यों और यह डार्क मंकी फौज क्या करेगी ?

मिस्टर मवाका :- बहुत ही दिलचस्प सवाल I इसका दिलचस्प उत्तर यह है कि बंदरों के बहुत से गुण इंसानों से मिलते हैं I अगर इन पर प्रयोग किए गए और कामयाब रहे, तो सोचो आने वाले कल में हम यह प्रयोग इंसानों में भी कर सकते हैं और उन्हें अपना गुलाम बनाकर एक भयंकर सेना खड़ी कर सकते हैं I फिर हमें दुनिया पर राज करने से कोई नहीं रोक सकता I यही है हमारा मास्टर प्लान I अगर बंदरों को ट्रेनिंग दी जाए और उनमें चिप या अन्य रोबोट वाले गुण डाल दिए जाएं तो यह बहुत ही तेजी से खुदाई करके यूरेनियम के भंडार ढूंढ निकालेंगे I डॉक्टर मिंग अब हमें बताएंगे कि क्या यह संभव है ?

डॉक्टर मिंग :- यह बहुत ही दिलचस्प होगा I यह बिल्कुल संभव है I चलिए इसकी शुरुआत करते हैं I

मिस्टर मवाका :- एक बार डॉक्टर मिंग का म्यूटेशन वाला काम पूरा हो जाए फिर उनकी ट्रेनिंग का काम सार्जेंट मिलानीकोवा को संभालना होगा

मिलानीकोवा:- ठीक है लेकिन हमें यूरेनियम मिलेगा कहां से ?

मिस्टर मवाका :- ऑस्ट्रेलिया कनाडा, रशिया, कजाकिस्तान और भी विश्व के बहुत सारे देशों में I परंतु इस बार हमारा निशान अफ्रीका पर होगा I अफ्रीका का एक क्षेत्र सुडालू है जहां पर मेरा घर भी है I

एम0डी0सी0:- लेकिन सुडालू क्षेत्र ही क्यों ?

मिस्टर मवाका :- इसके बहुत से कारण है जैसे कि कमजोर सुरक्षा व्यवस्था, गरीबी और वहां के बंदरों की प्रजाति का यहां के बंदरों से मिलना I

डॉक्टर मिंग :- हां मैं कुछ समझ सकता हूं I मुख्य अफ्रीका भी यहां से बहुत अधिक दूर नहीं है तो हमारे बंदर वहां के बंदरों से आसानी से

घुलमिल सकते हैं I लेकिन सुरक्षा व्यवस्था का क्या ?

मिलानीकोवा:- वह सब तुम मुझ पर छोड़ दो, मैं एक जासूस के तौर पर उस इलाके के आसपास लगभग 2 साल रहा हूं I मैंने नाइजीरिया, बुरुंडी, कांगो जैसे देशों में काम किया है I सुडालू क्षेत्र में सुरक्षा व्यवस्था ना के बराबर है I क्यों है ना बॉस मवाका ?

मिस्टर मवाका :- वहां के लोग बहुत ही गरीब हैं I एक बहुत ही क्रूर तानाशाह जनरल मुसावा ने उसे क्षेत्र में कब्जा करके रखा है I वहां के लोग उसे बहुत परेशान हैं I बहुत से विद्रोही और आतंकी संगठन छोटे-छोटे हिस्सों में बैठे हुए हैं I हम उन्हें हथियार देंगे जनरल मुसावा की सरकार को उखाड़ फेंकेंगे I ऐसा करके हम वहां की यूरेनियम खदानों पर पूरी तरह से कब्जा करेंगे I

एम0डी0सी0:- वह क्या जबरदस्त प्लान है ? लेकिन क्या हमें पूरी तरह से यह मालूम है कि वहां यूरेनियम के भंडार है ?

मिस्टर मवाका :- बिल्कुल, जब मैं वहां एक परमाणु वैज्ञानिक के तौर पर काम कर रहा था, तब हमने एक रिसर्च किया था जिसमें हमें यह पता लगा था I लेकिन यह बात अभी किसी को भी पता नहीं है, जैसे ही सरकार या अन्य बड़े देशों को इसके बारे में पता चलेगा तो तहलका मच जाएगा I उससे पहले ही हमें वह यह यूरेनियम निकालना होगा I

एम0डी0सी0:- बहुत बढ़िया, अब आएगा मजा I मैं इस मिशन में अपना पूरा पैसा लगाने को तैयार हूं I

मिलानीकोवा:- बिल्कुल वहां के अफ़रा-तफ़री वाले माहौल में यह बिल्कुल सही समय है, यूरेनियम के भंडार तक पहुंचाने का I

मिस्टर मवाका :- हमने यहां के जंगल से कुछ बंदर पकड़े हैं और उनको अपने प्रयोग के लिए चुना है I उन्हें बाड़े में रखा गया है I तो चलो अपना-अपना काम शुरू कर दें I आओ 'मिशन डार्क मंकी' की शुरुआत करें I

2

सुडालू साम्राज्य के 'डिवाइन डी' बालवीर

डिवाइन डी टीम

अफ्रीका के सुडालू साम्राज्य का एक बिल्कुल पिछड़ा हुआ गांव है, मालूगी I यहां 10वीं कक्षा में पढ़ने वाला एक छात्र डूमा अपने माता-पिता और तीन भाई-बहनों के साथ रहता है I उसके पिता गांव में एक दर्जी हैं तथा माता गृहणी है I उसका परिवार बहुत ही गरीब है जिसका गुजारा बहुत मुश्किल से चलता है I डूमा एक बहुत ही दुबला-पतला लड़का है जो मोटा चश्मा पहनता है I इस कारण से उसके स्कूल के काफी छात्र उसका मजाक उड़ाते हैं I वह पढ़ाई में काफी अच्छा है, खासकर विज्ञान में I अपने पड़ोसी सहपाठियों, डियारा और डैसमंड के अलावा उसका कोई और दोस्त नहीं है I मजाक उड़ाए जाने के कारण उसका आत्मविश्वास काफी कम है लेकिन फिर भी उसको विश्वास है कि वह जीवन में कुछ अलग करके दिखाएगा I डूमा को कुत्ते के बच्चे बहुत पसंद है और आज ऐसा ही एक कुत्ते का कमजोर बच्चा उन्हें स्कूल से वापस आते वक्त मिल गया I

डूमा:- अरे-अरे देखो कुत्ते का पिल्ला, चलो उसे रोटी दें I

डियारा:- हां, लेकिन यह काफी कमजोर है I

डूमा:- अरे प्यारे पप्पी, तुम वाकई में कितने खूबसूरत हो, मेरे घर चलो I

डैसमंड:- डूमा, तुम पागल हो गए हो क्या ? तुम्हें पता है तुम्हारी मां को घर में कुत्ता पालना बिल्कुल पसंद नहीं है I

डूमा:- कोई बात नहीं मैं इसको छुपा कर रख लूंगा I

डियारा:- क्या सच में ? सोच लो, तुम्हारी मम्मी इसके साथ तो तुम्हें भी घर से बाहर निकाल देगी I

डूमा:- कुछ तो करना होगा मैं इसे ऐसे ही नहीं छोड़ सकता हूं I

डैसमंड:- मेरे पास एक आईडिया है, क्यों ना हम इसे अपनी मिनी लैब, द डिवाइन डी प्लेनेट में रख लें ?

डूमा:- अरे वाह, क्या आईडिया है I

डियारा:- लेकिन हम इसे खिलाएंगे क्या ?

डूमा:- देखो दोस्तो, हमारे घरों से तो इसके लिए खाने के लिए कुछ नहीं मिलने वाला क्योंकि वे हमें ही बड़ी मुश्किल से खिला पाते हैं I लेकिन एक काम हम जरूर कर सकते हैं अगर तुम चाहो तो ?

डियारा:- कैसा काम ?

डूमा:- हम अपने लंच बॉक्स में से एक-एक रोटी इसे दे सकते हैं, क्या तुम तैयार हो ?

डियारा और डैसमंड दोनों:- हां हां क्यों नहीं , लेकिन अगर पकड़े गए तो ?

डूमा:- तब भी कोई बात नहीं, हम कोई गलत काम नहीं कर रहे I सिर्फ एक जानवर की जान बचा रहे हैं I

डियारा:- लेकिन इसका नाम क्या रखें ?

डूमा:- हम इसका नाम डोडी रख सकते हैं I

डैसमंड:- डोडी मतलब ?

डूमा:- डोडी शब्द का हमारी स्वाहिली अफ्रीकन भाषा में मतलब है उपहार यानीकि गिफ्ट I

डियारा:- बड़ा ही प्यारा नाम है, डोडी I

डूमा:- हे डोडी, चलो हमारे साथ अपने नए घर में I आज से तुम भी हमारी टीम डिवाइन डी के नए सदस्य हो I

3

डिवाइन डी प्लेनेट

डिवाइन डी प्लेनेट

उस दिन से डोडी नामक कुत्ते का बच्चा भी उनके साथ रहने लगा I द डिवाइन डी प्लेनेट टीम डी द्वारा बनाई गई एक छोटी सी प्रयोगशाला थी जिसमें वे तीनों अपने बच्चों वाले आविष्कार करते थे जैसे कि विज्ञान से जुड़े हुए औजार, खिलौने हथियार, काल्पनिक सुपरहीरोज के कपड़े, भविष्य की दुनिया के लिए ऐसा सामान जो इंसानों और जानवरों की जिंदगी को आसान बना दे I यह एक बांस से बनी हुई छोटी सी झोपड़ी थी जो उनके घर से कुछ ही दूरी पर थी I ये तीनों बच्चे रोज शाम को स्कूल से लौट के बाद अपना होमवर्क करके दो-तीन घंटे के लिए यहां काम करते थे I इनका सपना है कि जब यह बड़े हो जायें और उनके पास पैसा आ जाए तो बिल्कुल ऐसी ही एक बड़ी प्रयोगशाला बनाएंगे और दुनिया में अपना नाम रोशन करेंगे I दिन गुजरते गए और वह तीनों भी अब थोड़े बड़े हो गए थे I

(एक दिन स्कूल से आते समय)

एक बड़ी क्लास का बच्चा :- अरे ! देखो यह कमजोर कुत्ता, बिल्कुल चूहा लगता है I डूमा का छोटा भाई I

दूसरा बच्चा (डोडी को छूते हुए) :- हा हा हा हा, देखो छोटा डूमा I

डूमा:- हे-हे! डोडी से दूर हटो I यह चूहा नहीं है, यह कुत्ते का एक सुंदर बच्चा है, इसका नाम है डोडी।

पहला बच्चा:- डोडी मतलब ?

डूमा:- डोडी शब्द का हमारी स्वाहिली अफ्रीकन भाषा में मतलब है उपहार यानीकि गिफ्ट I

दूसरा बच्चा :- अरे ! यह कैसा अजीबोगरीब गिफ्ट है, ना यह कुत्ता ना यह चूहा I

डैसमंड:- अरे! दूर हटो, इसका मजाक मत बनाओ, एक दिन यह सुपर डॉग बनेगा और सारी दुनिया की मदद करेगा I

पहला बच्चा:- हा हा हा, यह और सुपर डॉग ? अच्छा मजाक करते हो तुम ? तुम एक जोकरों की टोली हो, क्या मस्त जोक सुनाते हो I

डूमा:- कोई बात नहीं, आज हम कमजोर हैं तो तुम मजाक उड़ा रहे हो I एक दिन ऐसा आएगा जब हम सुपर हीरोज बनेंगे और पूरी दुनिया को बचाएंगे I

दूसरा बच्चा :- क्या सच में, मेरी तो हंसी ही नहीं रुक रही है I चलो कोई बात नहीं वह दिन भी देखेंगे I अभी तुम इस चूहे को ले जाओ I

भले ही वे तीनों शारीरिक रूप से कमजोर थे लेकिन उनमें कुछ अद्भुत क्षमताएं थी I जहां एक ओर डूमा विज्ञान में बहुत अच्छा था, वही डियारा का सामान्य ज्ञान बहुत कमाल का था I उसको दुनिया भर की बड़ी घटनाएं, इतिहास, नक्शे अच्छी तरह से याद थे I वह जो एक बार कहीं भी पढ़ या देख लेती, उसे कभी नहीं भूलती I उसकी याददाश्त बहुत जबरदस्त थी I दूसरी ओर डैसमंड का चित्रकला औजारों, और हथियारों के प्रति ज्ञान कमाल का था I उसके द्वारा बनाए गए विश्व के बड़े वैज्ञानिकों जैसे न्यूटन, आइंस्टीन, स्टीफन स्टीफन हॉकिंग इत्यादि के स्केच उनकी मिनी लैब की दीवार पर टंगे हुए थे I वे बिल्कुल असली ही लगते हैं I आज उनके विज्ञान के अध्यापक मिराका ने द डी प्लेनेट लैब को देखा तो वह चौंक गए I उनके लिए यह सचमुच अद्भुत था I वह इन इन बच्चों की प्रतिभा के कायल हो गए I

मिस्टर मिराका :- यह सब तो कमाल का है I तुम्हें थोड़ा बड़े होकर आगे की कक्षाओं में पढ़ने के लिए विश्व के बड़े कॉलेज विश्वविद्यालय में जाना चाहिए I मेरा विश्वास है कि एक दिन न केवल तुमपर ना सिर्फ सुडालू को, बल्कि पूरे अफ्रीका को गर्व होगा I

डूमा:- धन्यवाद सर, लेकिन हमारे माता-पिता बहुत गरीब हैं, हमारे लिए अमेरिका या विश्व के दूसरे बड़े कॉलेज विश्वविद्यालय में पढ़ना तो सिर्फ एक सपना है I

मिस्टर मिराका :- घबराओ मत मेरे दोस्त, तुम्हारी प्रतिभा को मैंने देखा है I तुम बस आगे बढ़ो और नया-नया सोचो I जहां तक संभव होगा मैं तुम्हारी मदद करूंगा I

डूमा:- बहुत बढ़िया सर, हम पूरी की जान लगाकर मेहनत करेंगे और एक दिन आपको हम पर गर्व होगा I

मिस्टर मिराका :- बहुत जल्दी अंतर्राष्ट्रीय विज्ञान दिवस आ रहा है I हमारा स्कूल उस दिन बच्चों की एक प्रतियोगिता "जस्ट इमेजिन" आयोजित कर रहा है I तुम उसके लिए अपना एक प्रोजेक्ट बनाओ, अगर ज्यूरी को उस दिन तुम्हारा प्रोजेक्ट या आइडिया पसंद आया तो तुम्हें अगले लेवल पर जाकर इसे पेश करने का मौका मिलेगा I इसी के साथ इनाम भी मिलेगा I तो आज से ही तैयारी शुरू कर दो I और एक चीज बताओ, तुम यह सब काम करते कब हो ?

इूमा:- सर शाम को रोज तीन-चार घंटे हम इस काम में लगाते हैं I हमारे पास और भी बहुत सारे आइडिया हैं I हम इन्हें एक डायरी ब्रेन ऑफ डिवाइन डी में लिखते हैं और धीरे-धीरे एक-एक करके इस पर काम करते हैं I

मिस्टर मिराका :- वाह ! क्या खूब, देखना एक दिन तुम सब जरूर पूरी दुनिया को रोशन करोगे I तुम अपना काम जारी रखो I जो भी सहायता चाहिए मुझे बताना I

तीनों एक साथ :- बहुत-बहुत धन्यवाद सर I

उस दिन से उन तीनों ने कड़ी मेहनत से काम करना शुरू किया और तीन डिवाइन डी सूट बनाए जो कि एंटी यूरा शक्ति वाले थे यानीकि जिस पर परमाणु ऊर्जा का कोई असर ना हो I यह सूट परमाणु हथियारों के हमले या परमाणु संयंत्र की लीकेज से उत्पन्न हानिकारक किरणों की ऊर्जा को अपने अंदर सोख लेता था I इस सूट में लगा एक यंत्र इस ऊर्जा को मांसपेशियों की शक्ति में बदल देता था I ऐसा होने पर उसे पहनने वाले को उतनी ही शक्ति मिलती थी I इसका उद्देश्य परमाणु हथियारों के खतरे से मानव तथा अन्य जीवों को बचाना था I हालांकि यह आइडिया सिर्फ काल्पनिक था लेकिन सोचो क्या हो अगर यह सब सच हो जाए और हमारे नन्हे हीरो सुपर हीरोज बन जायें I असंभव कुछ भी नहीं I

4

जस्ट इमेजिन

क्रिसेंट मॉडल हाई स्कूल, लुबारू

जस्ट इमेजिन अंतर्राष्ट्रीय विज्ञान दिवस प्रतियोगिता

मिस्टर मिराका :- आप सबका स्वागत है बच्चो I आई शुरू करते हैं "जस्ट इमेजिन" I एक-एक करके आइए और अपने प्रोजेक्ट्स के बारे में बताइए I

जीलूसू :- सर यह मेरी सुपर कार,

1500 किलोमीटर प्रति घंटा है इसकी रफ्तार

बहुत समय बचाता है इसका सफर

मेरी सुपर कार में बहुत दम है सर

कोयाला:- सर नाम है मेरा कोयाला,

रोबोट है मेरा बड़े काम वाला I

बर्तन, झाड़ू, कपड़े करे सब काम,

मेरी मम्मी करेंगी बस आराम I

मिस्टर मिराका :- और डूमा अब तुम बताओ I

डूमा:- सर मैंने, डियारा और डेसमंड ने मिलकर ये तीन डिवाइन डी सूट बनाए हैं I इन सभी में एंटी यूरा गुण हैं I यह परमाणु किरणों को अपने अंदर सोख लेते हैं और उसे हॉर्स पावर में बदल देते हैं I इनमें से एक पुरुषों के लिए, दूसरा महिलाओं के लिए तथा तीसरा जानवरों जैसे कि कुत्तों के लिए है I भविष्य में कभी यदि कोई परमाणु हमला हुआ या

कोई परमाणु संयंत्र लीक हो गया तो उसे स्थिति में यह सूट सभी प्राणियों की रक्षा कर सकता है I

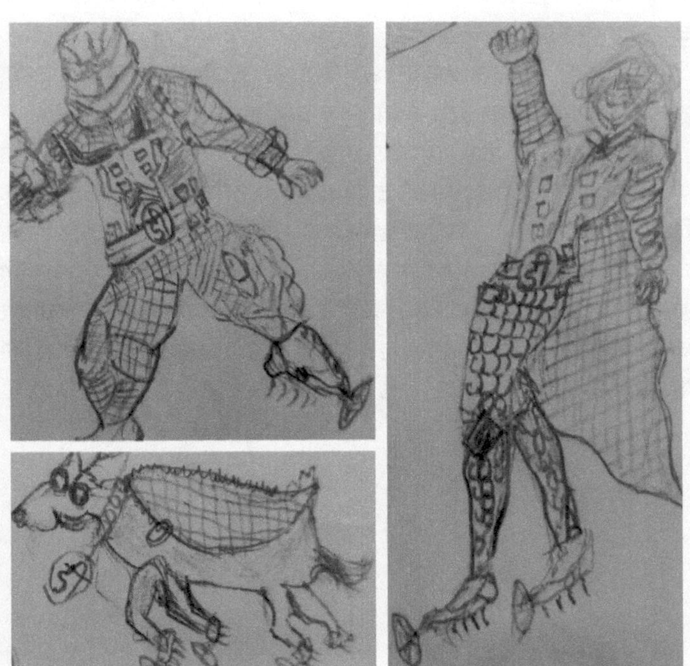

डिवाइन डी सूट

डायरेक्टर :- तुम्हारा आईडिया तो बहुत कमाल का है लेकिन अफ्रीका जैसे महाद्वीप में जहां हमारा क्षेत्र है, यहां तो परमाणु युद्ध का कोई खतरा नहीं है, ना ही कोई परमाणु सयंत्र है I तो हमें डर कैसा ? क्या तुम समझा सकते हो कि हम जैसे साधारण अफ्रीकन के लिए इसका क्या फायदा ?

डूमा:- सर जिस तरह संचार की सुविधा बढ़ रही हैं, पूरा विश्व भी सिर्फ एक ग्लोब की तरह सिमट गया है I अफ्रीका में भी यूरेनियम के

भंडार हैं I कई विकसित देशों की नजरें हमारे ऊपर हैं I दूसरी तरफ कई आतंकी संगठन भी इसका गलत इस्तेमाल कर सकते हैं I हमारे क्षेत्र में भी हर जगह लूट मची हुई है, तो परमाणु हथियारों के हमले से हम भी बहुत दूर नहीं हैं I

डायरेक्टर :- बहुत बढ़िया, तुमने बहुत अच्छे से समझाया बच्चे, ठीक है धन्यवाद I यह सच में ही बहुत चमत्कारी आईडिया है I

इसी तरह पूरा दिन नए-नए आईडिया, प्रोजेक्ट आते रहे और उन पर चर्चा चलती रही I अंत में द डिवाइन डी टीम का प्रोजेक्ट आगे के लिए चुन लिया गया और उन्हें इनाम के तौर पर $100 पुरस्कार मिला I वे लोग खुशी से चहक उठे क्योंकि उन्होंने अपनी पूरी जिंदगी में कभी इकट्ठा $100 नहीं देखा था I उन्होंने कुछ पैसा पार्टी के लिए बचाकर बाकी पैसे को अपनी लैब, द डिवाइन डी प्लेनेट को बेहतर बनाने का फैसला किया I

5

तबाही के दो भाई

(एक साल बाद)

आज एम-4 लैब की स्थापना की सालगिरह है I इस विशेष मौके पर चारों सदस्य यहां एक विशेष मीटिंग के लिए पहुंचे हुए हैं I

मिस्टर मवाका :- हेलो जेंटलमैन, आप सबका इस एम-4 लैब में स्वागत है I आज हम सभी पूरे 1 साल के बाद अपने काम की प्रगति के बारे में चर्चा करने के लिए इकट्ठे हुए हैं I आईए जानते हैं कि कहां तक पहुंचा हमारा स्पेशल मिशन द डार्क मंकी ? चलिए डॉक्टर मिंग से शुरुआत करते हैं I

डॉक्टर मिंग :- थैंक यू मिस्टर मवाका, मेरा काम लगभग खत्म हो चुका है I मैंने दो बंदरों में वे सभी गुण डाल दिए हैं जिसकी हमें जरूरत है I इनके नाखून स्टील के बने हैं जो मिट्टी को बहुत ही जल्दी खोद सकते हैं I यह नाखून आमतौर पर अंदर ही रहते हैं सिर्फ जरूरत पड़ने पर ही बाहर निकलते हैं और दिखाई देते हैं I और इनमें दूसरी विशेषता यह है कि यह बंदर अपना रंग और आकार बहुत जल्दी बदल सकते हैं I जैसे कि कभी बहुत ही छोटे बनकर एक छोटे बिल में घुस सकते हैं और बहुत बड़े बनकर इंसानों या दूसरे जानवरों से डटकर मुकाबला कर सकते हैं I उम्मीद है उनकी यह शक्तियां हमारे बहुत काम आएंगी I

मिस्टर मवाका :- बहुत खूब डॉक्टर मिंग, मैंने भी इनके अंदर परमाणु ऊर्जा की किरणें डाल दी हैं I कोई भी साधारण मनुष्य या

जानवर इनका मुकाबला नहीं कर सकता है I उनकी ट्रेनिंग के बारे में कुछ बताइए, सार्जेंट मिलानीकोवा

सार्जेंट मिलानीकोवा:- उनकी ट्रेनिंग के बारे में जानने के लिए चलिए इनके बाड़े की ओर चलते हैं I

मिस्टर मवाका :- चलिए चलते हैं I

(लोहे के बड़े बाड़े के अंदर)

तबाही के दो भाई

मिलानीकोवा:- गौर से देखिए इन दो सुपरनोवा को, तबाही के दो भाई यूरेनी और प्लूटोनी I इन दोनों को मार्शल आर्ट और गोरिल्ला हमले की ट्रेनिंग दी गई है I इनके शरीर के अंदर जासूसी कैमरे और चिप लगाई गई है जिसका कंट्रोल हमारे कंप्यूटर के साथ जोड़ा गया है I

डॉक्टर मिंग :- मैंने इनके अंदर कुछ ऐसे गुण डाले हैं कि मौका पड़ने पर यहां इंसानी भाषा को बोल सकते हैं और समझ भी सकते हैं I उनकी शक्तियों के बारे में इन्हीं से जानते हैं I मिस्टर यूरेनी, अपने बारे में कुछ बताओ I

यूरेनी:- हाय बॉस मेरा नाम है यूरेनी, मैं हूं तबाही का बड़ा भाई, मैं रात को देख सकता हूं, अपना अपना रंग और आकार बदल सकता हूं I मेरे हाथ स्टील के बने हैं जो की मशीन की तरह बहुत तेजी से खुदाई कर सकते हैं I मेरी आंखों और मुंह से परमाणु किरणें निकल सकती हैं जो दुश्मन को बहुत जल्दी खत्म कर सकती हैं I थैंक यू

डॉक्टर मिंग :- बहुत बढ़िया I प्लूटोनी अब तुम बताओ

प्लूटोनी - हाय मेरा नाम है प्लॉटोनी, मैं हूं तबाही का छोटा भाई I मैं बहुत तेजी से लंबे समय तक तैर सकता हूं, रात को अंधेरे में देख सकता हूं I 10 लोहे की मोटी पाइपों को एक साथ मोड सकता हूं I बड़े भाई यूरेनी की तरह ही मैं भी अपने स्टील के हाथों से बहुत तेज खुदाई कर सकता हूं, अपना रंग और अपना आकार बदल सकता हूं I हम दोनों के शरीर में एक छुपी हुई थैली है, जिसमें हम यूरेनियम इकट्ठा करके डाल सकते हैं I हम एक इमारत से दूसरी इमारत पर आसानी से कूद सकते हैं I

मिस्टर मवाका :- हमने इन दोनों के अंदर सेंसर चिप लगाकर रखे हैं जो यूरेनियम के भंडार को मिट्टी, पत्थरों और पहाड़ियों में आसानी से खोज सकते हैं I यह यूरेनियम खोजेंगे, उसे इकट्ठा करेंगे और चुपचाप वापस आकर इन्हें हमें दे देंगे I हम इस यूरेनियम पर रिसर्च करेंगे कि वह कितने काम का है I उसके बाद हम प्लान के दूसरे चरण में, डार्क मंकीस की एक पूरी फौज तैयार करेंगे और यूरेनियम के भंडारों पर पूरी तरह कब्जा कर लेंगे I

एम0डी0सी0:- वाह क्या प्लान है, लेकिन इनको सुडालू क्षेत्र तक छोड़ेगा कौन I

मिलानीकोवा:- इसकी कोई जरूरत नहीं है I ये दोनों बहुत शानदार लंबी दूरी के तैराक हैं I इनको नदियों और समंदर में तैरने की ट्रेनिंग मिली है I सुडालू क्षेत्र में पहुंचते ही यह अपना काम शुरू कर देंगे I दिन में यह आम बंदरों के झुंड में शामिल हो जाएंगे पर रात होते ही यह अपने काम पर लग जाएंगे क्योंकि यह रात को अंधेरे में देख सकते हैं I

एम0डी0सी0:- इनकी कोई कमजोरी ?

डॉक्टर मिंग :- हां उनकी एक ही कमजोरी है I उनकी याददाश्त कुछ ही समय की है I अगर यह बहुत लंबे समय तक बाहर रहेंगे, तो ये अपने

बॉस तथा दुश्मन को नहीं पहचान पाएंगे I इसी समय के भीतर इनको वापस लौट आना होगा I

एम0डी0सी0:- क्या इसे ठीक नहीं किया जा सकता ?

डॉक्टर मिंग :- बिल्कुल किया जा सकता है, परंतु इसमें काफी अधिक समय लग सकता है I

मिलानीकोवा:- मुझे लगता है अभी के लिए प्रयोग के तौर पर इनको भेजा जा सकता है और समय रहते इनको वापस बुलाया जा सकता है I इतना रिस्क तो हमें लेना ही पड़ेगा I उनकी याददाश्त कितने समय की रहेगी ?

डॉक्टर मिंग :- लगभग एक महीना I परंतु मैं उनके कान के पास एक चिप लगाकर रखी है, जो इनकी याददाश्त को दुगना कर सकती है I लेकिन कोई जीव जंतु अगर इसे छू ले तो यह काम नहीं करेगी I

मिस्टर मवाका :- कमाल का काम है, वैसे भी इन्हें छूने की हिम्मत कौन करेगा, किसी ने गलती से भी इन्हें छूने की कोशिश की तो यह उसे चीर-फाड़ देंगे I आखिरकार ये तबाही के भाई हैं I

मिलानीकोवा:- फिर क्यों ना हम अपना मिशन शुरू कर दें ?

मिस्टर मवाका :- बिल्कुल सही कहा I आप सबके सहयोग से चलिए मिशन शुरू करते हैं I सब मिलकर बोलो हिप हिप हुर्रे I

सभी :- हिप हिप हुर्रे I

6

वैज्ञानिक जीवन को खतरा

अंतरराष्ट्रीय परमाणु ऊर्जा अनुसंधान केंद्र (आई0 ए0 ई0 सी), प्रिकासा यहां पर परमाणु वैज्ञानिकों का अंतरराष्ट्रीय सम्मेलन हो रहा है ¡

परमाणु वैज्ञानिकों का अंतरराष्ट्रीय सम्मेलन

डॉ मिशेल रीगल :- आप सभी का इस अंतरराष्ट्रीय सम्मेलन में स्वागत है I आशा करती हूं कि आप सभी अपने-अपने देश में कुशलता से काम कर रहे होंगे I

डॉक्टर पेन :- धन्यवाद मैडम, बाकी सब तो सही चल रहा है लेकिन पिछले कुछ समय से परमाणु संयंत्रों और परमाणु वैज्ञानिकों पर सुरक्षा का खतरा मंडरा रहा है I

डॉ व्लादिमीर रसेल :- आप सही कह रहे हैं डॉक्टर, पिछले तीन वर्षों में हमारे अलग-अलग संस्थानों में 50 से अधिक परमाणु वैज्ञानिक या तो रहस्यमय ढंग से मारे गए या गायब हो गए I

डॉक्टर सी0 पदमाराजन :- बिल्कुल सही मैडम, परमाणु वैज्ञानिकों को समय-समय पर धमकियां मिल रही है I जल्द ही इस सरकार को इस बारे में कड़े कदम उठाने होंगे I

डॉक्टर सेंटियागो :- और हमें पता नहीं यह सब कौन कर रहा है I यह एक गंभीर खतरा है I

डॉक्टर फैंग शी :- पिछले पांच वर्षों से अफ्रीका के एक प्रसिद्ध परमाणु हथियार विशेषज्ञ वैज्ञानिक डॉक्टर मवाका रहस्य में ढंग से लापता हो गए थे I उनका अब तक कोई पता नहीं लग पाया है I उनके पास कई महत्वपूर्ण परमाणु जानकारियां भी थी I यह हम सबके लिए बहुत डराने वाली खबर है I

डॉ मिशेल रीगल :- जेंटलमैन, मैं आपकी बातों से पूरी तरह सहमत हूं I पिछले साल भी यह मुद्दा हमने कई सरकारों के साथ उठाया था I उन्होंने हमें कड़ी कार्रवाई करने का भरोसा दिया था, मगर मुझे लगता नहीं की कुछ हुआ है I मैं इस बार फिर यह बात उठाऊंगी I कोई और समस्या ?

डॉक्टर सी0 पदमाराजन :- कई देशों की सरकार अपने परमाणु मिशन की डिटेल सांझा नहीं कर रही हैं, यह सुरक्षा के लिए एक चिंता की बात है I

डॉ मिशेल रीगल :- यह सच में बड़ी चिंता की बात है I कुछ देशों में भी उथल-पुथल मची हुई है I ऐसे में परमाणु शक्ति की सुरक्षा एक बहुत बड़ी चिंता का विषय है I हमने कुछ अंतरराष्ट्रीय संस्थाओं से बात की है I शायद इस समस्या का कुछ समाधान मिल जाए I

डॉक्टर पेन :- ऐसी कुछ अफवाहें हैं की दूर के अनजान टापू पर या जंगलों में कुछ लोग गैर कानूनी तरीकों से परमाणु हथियार बनाने की

कोशिश कर रहे हैं I

डॉ मिशेल रीगल :- हां सुना तो मैं भी है, पर ये सिर्फ अफवाहें हैं I फिर भी कुछ अंतरराष्ट्रीय एजेंसियां इस पर काम कर रही हैं I तब तक हमें बहुत सतर्क रहने की जरूरत है I धन्यवाद I

डॉ व्लादिमीर रसेल :- धन्यवाद मैडम, मैं सिर्फ एक ही बात कहना चाहूंगा कि अपने परमाणु कार्यक्रमों की सुरक्षा के लिए हमें बहुत जल्द विशेष प्रबंध करने होंगे I धन्यवाद

7

डिवाइन उपकरणों की जांच

डिवाइन डी टीम (स्कूल से घर वापस आते हुए)

डूमा :- अरे दोस्तों, आज शाम को अपनी सुपर डी प्लेनेट लैब में मिलते हैं और उन तीनों डिवाइन एंटी यूरा सूट्स पर कुछ और काम करते हैं I हमारे पास कुछ पैसे हैं उनसे हम कुछ और सामान खरीद कर इनको और बेहतर बनाएंगे I बाजार जाकर कुछ वैज्ञानिक यंत्र खरीदेंगे और इन्हें बहुत आकर्षक बनाएंगे I

डैसमंड:- बिल्कुल सही, कल हमारे स्कूल में छुट्टी है और मेरा बड़ा भाई ट्रैक्टर ट्राली लेकर शहर जा रहा है I हम भी उसके साथ जाकर यह सामान ला सकते हैं और वापस आकर अपने प्रोजेक्ट पर काम कर सकते हैं I

डियारा:- चलो चलें देर ना करें, शाम को वहीं मिलते हैं I

(शाम 6:00 बजे डिवाइन डी प्लेनेट लैब में)

डूमा :- मुझे वह डायरी द ब्रेन ऑफ डिवाइन डी देना I

डियारा:- ओके, यह लो। लेकिन आज इससे क्या करेंगे?

डूमा :- इसमें डिवाइन सूट्स के डिजाइन और उसके उपकरणों की पूरी जानकारी है। यहीं से हम देखेंगे कि इसमें और सुधार कैसे करेंगे और कुछ नए उपकरणों को कहा फिट करेंगे।

डैसमंड:- ठीक है। यह रहा इसके डिजाइन का स्केच। देखो क्या क्या हो सकता है?

डूमा :- आओ, मैं तुम्हें समझता हूँ। यह सूट पूरी बॉडी को कवर करेगा। कहीं भी शरीर का कोई भी हिस्सा इससे बाहर नहीं रहना चाहिए। जो हिसाब बाहर रहता है, हमें उसे इन ऐन्टी यूरा दस्तानों और डिवाइन शूज से ढकना पड़ेगा। नहीं तो परमाणु किरणें हमारे शरीर के उन हिस्सों को खत्म कर देंगी।

डियारा:- बहुत बढ़िया, लेकिन इन दस्तानों और डिवाइन शूज़ की क्या खासियत होगी?

डूमा :- यह डिवाइन दस्ताने कोई आम दस्ताने नहीं हैं। यह हमारे हाथों में हथियार की तरह हैं। इनकी चुंबकीय शक्ति हमें लोहे की किसी भी चीज़ के साथ चिपकने में मदद करेगी। इसके अलावा इनमें लगे छोटे छोटे ऐंकर्स हमें किसी बिल्डिंग, पहाड़ी या पेड़ वगैरह पर चढ़ने में पूरी सहायता करेंगे। डिवाइन सुपर गन में से कंट्रोल रॉड की एक लंबी चेन बाहर निकलेगी जो कि न्यूट्रॉन्स की गति को कम करके परमाणु प्रक्रिया को रोक देगी।

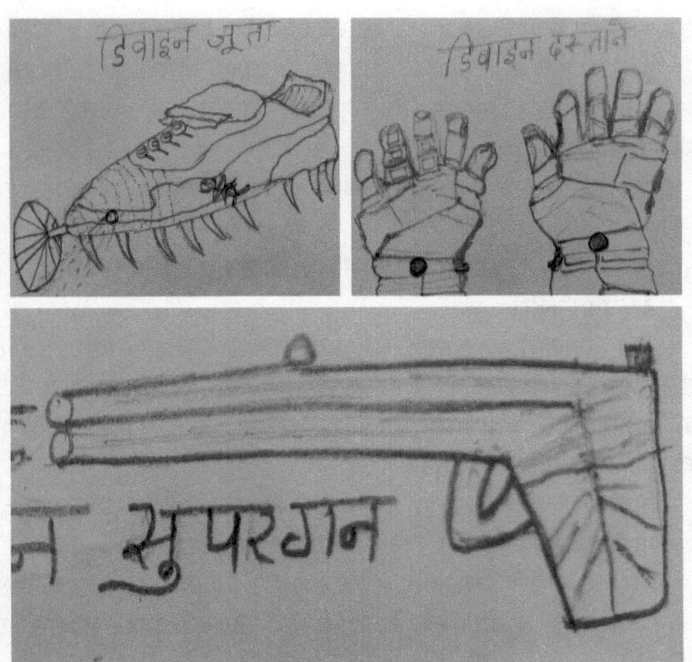

डिवाइन उपकरण

डैसमंड:- अरे वाह ये तो कमाल की चीज़ है। कंट्रोल रॉड किसकी बनी है?

डूमा :- बोरोन या कैडमियम। इसके अलावा हमें न्यूट्रॉन कैप्चर टेक्नीक पर भी काम करना होगा।

डियारा:- और यह डिवाइन शूज़ किस तरह काम करेंगे?

डूमा :- डिवाइन शूज की शक्ति भी अद्भुत होगी। यह जरूरत पड़ने पर हमारे शरीर का भार कम कर सकते हैं या बढ़ा सकते हैं। यह इसे शून्य भी कर सकते हैं। इससे हमें पानी पर चलने या हवा में उड़ने जैसी शक्तियां भी मिल सकती है I

डैसमंड:- मैं इसमें एक सुझाव देना चाहूंगा I अगर हम डिवाइन दस्ताने, सूट तथा डिवाइन शूज़ का रंग एक जैसा रखें, तो कैसा रहेगा?

डूमा :- सही कहा, लेकिन इन सब में एक शक्ति और है कि यह जरूरत पड़ने पर अपना रंग अपनी पृष्ठभूमि के जैसा कर सकते हैं, जिसे कैमोफ्लेज कहते हैं।

डियारा:- क्या बात है, तो देर किस बात की, चलो अपना काम शुरू कर दें।

डूमा :- ठीक है, पर इससे पहले मैं एक बात और कहना चाहता हूँ।

डैसमंड:- कहो।

डूमा :- हमारी यह डायरी, ब्रेन ऑफ डिवाइन डी कुछ बड़ी है। हम इतनी बड़ी डायरी साथ लेकर हमेशा नहीं चल सकते। और कभी ये फट भी सकती है। तो क्यों ना कुछ हल निकाला जाए क्योंकि हमारे भविष्य के सारे आइडिया इसी में लिखे हुए हैं।

डियारा:- इसमें लिखी हुई काफी बातें मैं याद रख सकती हूँ, शायद हमेशा के लिए नहीं। हमें इसका कोई पक्का हल ढूंढना होगा।

डैसमंड:- हमारे पास कुछ डॉलर बचे हुए हैं। क्यों ना कल बाजार जाकर हम कोई इलेक्ट्रॉनिक गैजेट ले आयें और सब कुछ उसी में डाल दें?

डूमा :- ये बिल्कुल सही रहेगा। शायद कोई इलेक्ट्रॉनिक घड़ी, कोई सेकंड हैंड नोट पैड जिसमें यह सब सुरक्षित रह सके।

डैसमंड:- मेरा भाई एक ऐसे कबाड़ी वाले को जानता है, जिसके पास अमीर लोग अपना सेकंड हैंड सामान सस्ते में बेच जाते हैं। हम उसी के पास जाएंगे और कुछ ढूंढेंगे। शायद काम बन जाए।

डूमा :-चलो अब आज का काम खत्म कर लेते हैं। डोडी भी भूखा है, उसको भी खाना देते हैं।

उधर सारा दिन लोको नहर में तैर कर तबाही के दोनों भाई यूरेनी और प्लूटोनी शाम को सुडालू के जंगल पहुंच गए और अपनी खोजबीन में जुट गए I यह जंगल मालूगी गांव से लगभग 3 किलोमीटर की दूरी पर है, यह वही गांव है जहां नन्ही डिवाइन डी टीम के घर हैं I और यह डिवाइन डी प्लेनेट के तो बिल्कुल पास है I एम-4 लैब ने उन दोनों से

दोबारा संपर्क स्थापित कर लिया है।

डॉक्टर मिंग :- मिस्टर यूरेनी, क्या तुम मेरी आवाज सुन पा रहे हो?

यूरेनी :- यस बॉस, मैं आपको सुन सकता हूँ।

डॉक्टर मिंग :- क्या इस वक्त तुम सुडालू के जंगलों में पहुँच चूके हो?

यूरेनी :- यस बॉस हम अपने टारगेट के पास पहुँच गए हैं।

डॉक्टर मिंग :- गुड, रात को तुम यहीं रुको। कल सुबह यहाँ जंगल के दूसरे बंदरों के साथ मिल जाना। याद रहे, वे एकदम तुम्हें अपने साथ मिलने नहीं देंगे। तुम दो तीन दिन उनके साथ घुलने-मिलने की कोशिश करना। और रात होते ही चुपचाप अपने काम में लग जाना।

यूरेनी :- यस बॉस हमें ऐसा ही करेंगे।

डॉक्टर मिंग :- याद रहे दिन में भूलकर भी काम मत करना। ऐसा काम मत करना कि लोगों को तुम पर शक हो।

प्लूटोनी:- ओके बॉस।

डॉक्टर मिंग :- ठीक है। फिर, ओवर ऐंड आउट।

इसी तरह से सब कुछ चलने लगा। पहले तीन 4 दिन तक तो वहाँ के लोकल बंदरों ने उन्हें मुँह नहीं लगाया लेकिन उसके बाद धीरे धीरे यूरेनी और प्लूटोनी ने उनसे दोस्ती कर ली। कुछ लालच देकर, कुछ खिलाकर वे उनकी टीम में शामिल हो गए। ऐसे ही धीरे धीरे काम चलने लगा। दिन में उन बंदरों के साथ रहते और रात को यूरेनियम के भंडार खोजते। उन्हें जो कुछ मिलता गया, चुपचाप शरीर के अंदर छुपे हुए थैलों में डालते गए। ऐसे ही एक महीना बीत गया।

उधर दूसरी ओर डिवाइन डी टीम ने भी अपने डिवाइन सूट पर भी काफी काम कर लिया था। उन्होंने बाजार से खरीदकर काफी उपकरण उस पर लगा दिए थे जिससे वे और भी चमकदार और आकर्षक हो गए थे। टीम अब अगले चरण में इनके प्रदर्शन को पूरी तरह तैयार थी।

8

डिवाइन डी :- युवा सुपरहीरोज का उदय

आखिरकार पूरे जंगल में तहलका मचाने के बाद तबाही के दोनों रूप यूरेनी और प्लूटोनी अब गांव की ओर बढ़ने लगे I उनकी तबाही से पूरा जंगल जल उठा I गुस्से में उबलते हुए उन्होंने अपनी परमाणु शक्ति का इस्तेमाल करना भी शुरू कर दिया I इससे चारों तरफ हाहाकार मच गया I गांव के लोग भी आवाज़ सुनकर इस तरफ भागने लगे I यहां रात में भी दिन की तरह चमक और शोर मच गया था I

ड़ूमा :- तैयार रहो दोस्तो वे दोनों सामने से आ रहे हैं I

डैसमंड:- ठीक है हम सब एक साथ बाहर निकलेंगे I

डियारा :- बिल्कुल, आज मौत हमारे सामने है, अगर मरेंगे तो इस सुपरहीरोज की ड्रेस में ही मरेंगे I

ड़ूमा :- वे लोग सामने आ रहे हैं, तीन, दो, एक, बाहर निकलो
(बाहर निकलते ही)

ड़ूमा :- अरे खूंखार जानवरो, यहां से भाग जाओ, तुम यहां इस तरह तबाही नहीं मचा सकते यह हमारी जमीन है I

यूरेनी :- तुम अंडे से निकले चूजे हमें क्या रोकोगे, चुपचाप यहां से भाग जाओ I यह जमीन अब हमारी है I

डैसमंड:- तुम इस तरह निर्दोष प्राणियों को नहीं मार सकते हम ऐसा नहीं होने देंगे I

प्लूटोनी :- हा हा हा हा, वरना तुम क्या कर लोगे ?

डियारा :- तुम हमें जानते नहीं हम तुमसे ज्यादा ताकतवर हैं I

यूरेनी :- अच्छा मेरे नन्हे चूजो, अब हम पूरी दुनिया पर राज करेंगे, तुम सबको अपना गुलाम बना लेंगे I चलो भागो यहां से I

डूमा (अपनी पेट्रोल के गुब्बारे से भरी हुई मशीन गन तानकर):- तो फिर यह लो

डूमा अपनी मशीन गन चलाता है और गुब्बारे चिंगारियां लगते ही आग के गोले बनकर यूरेनी पर लगते हैं I वह आग बबूला हो गया I

यूरेनी (गुस्से में) :- चूहे तेरी इतनी हिम्मत ? अभी तुझे मसलता हूं I

इतने में डैसमंड और डियारा भी अपनी बंदूकों के साथ प्लूटोनी पर टूट पड़ते हैं I डोडी भी भोंकते हुए उन्हें पीछे से काटने की कोशिश करता है I

यह देखकर यूरेनी और प्लूटोनी दोनों खूंखार हो जाते हैं, पहले तो वे उन तीनों को अपने औजार जैसे हाथों से पकड़ते हैं और फिर जोर से लैब की झोपड़ी की ओर फेंक देते हैं I डोडी भी घबराकर अंदर भाग जाता है I

यूरेनी :- बस अब बहुत हो गया, तुम्हें मजा चखाने का टाइम आ गया है, प्लूटोनी आओ इनका खेल खत्म करते हैं I

परमाणु शक्ति का इस्तेमाल

बस फिर क्या था, दोनों ने अपना परमाणु शक्ति का ब्रह्मास्त्र चला दिया I चारों तरफ इतनी रोशनी फैल गई की कुछ भी नहीं दिखाई दिया I डिवाइन डी टीम की आंखों के आगे पहले बहुत तेज रोशनी और फिर अंधेरा सा छा गया I लगभग 15 मिनट के बाद उन्हें होश आया तो जो उन्होंने देखा उसके ऊपर पहले तो उन्हें खुद ही विश्वास नहीं हुआ I अब कुछ भी पहले जैसा नहीं था I वे खुद को ही नहीं पहचान पा रहे थे I ताकतवर शरीर, लंबा कद, खिलौने औज़ारों और हथियारों की जगह बिल्कुल असली हथियार और एक ऐसी नई ऊर्जा जो उन्होंने पहले कभी नहीं महसूस ही नहीं की थी I वे सब एक ही झटके में उठ खड़े हुए I आखिर यह हो क्या रहा था I क्या यह एक चमत्कार था? क्या उनकी वैज्ञानिक कल्पनाएं सच हो चुकी थी ?

युवा सुपरहीरोज का उदय

सबसे बड़ा झटका तो उन्हें तब लगा जब उन्होंने डोडी को आदमी की आवाज में बोलते हुए सुना I

डोडी :- हे डूमा उठो, कितने दुख की बात है कि वे दोनों हमें धोकर चले गए I चलो उनका पीछा करते हैं I

डूमा (लगभग चक्कर खाते हुए) :- यह सब क्या हो रहा है, डोडी तुम आदमी की आवाज कैसे निकाल रहे हो ?

डोडी :- मुझे नहीं पता, उन्होंने मुझ पर किसी तेज रोशनी वाली चीज से हमला किया और मैं बेहोश हो गया था I

डियारा :- क्या हम कोई सपना देख रहे हैं ? यह सब कैसे हो सकता है ? हम सब इतने ताकतवर कैसे हो गए ?

डैसमंड:- लगता है मैं पागल हो जाऊंगा, यह सब क्या हो रहा है ?

ड्रूमा:- देखो हमारी ड्रेस भी कितनी चमक रही हैं I बिल्कुल असली की तरह I ऐसी तो हमने बनाई भी नहीं थी I

डियारा :- कहीं यह असली तो नहीं बन गई ?

डैसमंड:- अगर यह असली है तो कहीं हमारी सोची हुई सारी शक्तियां कहीं सच तो नहीं हो गई ?

डोडी :- दोस्तों कहीं हम सुपर हीरोज तो नहीं बन गए ? कहीं हमारे डिवाइन सूट की शक्तियां सच में एक्टिवेट तो नहीं हो गई ?

ड्रूमा:- यह तो एक मजाक लग रहा है, पर डोडी अगर तुम बोलने लगे हो तो कुछ भी हो सकता है, विज्ञान भी और चमत्कार भी I क्यों ना अपनी शक्तियों का परीक्षण किया जाए ?

डैसमंड:- क्यों नहीं, पर मुझे अफसोस है कि उन्होंने हमारी लैब को पूरी तरह तोड़ दिया है I चलो एक-एक करके चेक करते हैं I

सबसे पहले ड्रूमा ने अपने डिवाइन सूट की गुरुत्वाकर्षण कम करने वाले बटन को दबाया तो वह इतना हल्का हो गया कि हवा में उड़ने लगा I घबराकर उसने बंद करने का बटन दबाया और जमीन पर गिर पड़ा I

डियारा :- ओ माय गॉड, यह सब मैं क्या देख रही हूं ? क्या सच में ?

ड्रूमा:- दोस्तों अब धीरे-धीरे मुझे सब कुछ समझ आने लगा है, उन दोनों प्राणियों ने हम पर एक छोटा परमाणु हमला किया था, यह परमाणु ताकत ही है जिससे हमारे लैब की सभी चीज, जैसे डिवाइन सूट्स, दस्ताने, सुपर शूज, सुपर गन और अन्य सभी चीजों को ताकत मिल गई I इसीलिए हम सब में यह शक्तियां आ गई हैं I

डैसमंड:- लेकिन यह सब तो सिर्फ खिलोने थे और कबाड़ से लाई हुई वस्तुएं, हमारे पास तो असली वैज्ञानिक उपकरण भी नहीं थे I फिर यह सब हुआ कैसे ?

ड्रूमा:- यह सब मुझे भी नहीं पता है I चाहे इसे विज्ञान कहो या चमत्कार, पर यह सच है कि यह सभी शक्तियां जो हमने सिर्फ सोची थी, एक-एक करके सच हो रही हैं I चलो मैं अपना घड़ी वाला गैजेट, डी-ब्रेन चला कर चेक कर लेता हूं जो हमने उस दिन बाजार से लाई गई इलेक्ट्रॉनिक घड़ी में अपनी डायरी द ब्रेन ऑफ डिवाइन डी में से बोलकर

रिकॉर्ड कर लिया था I

डी ब्रेन का पावर बटन दबाने के बाद

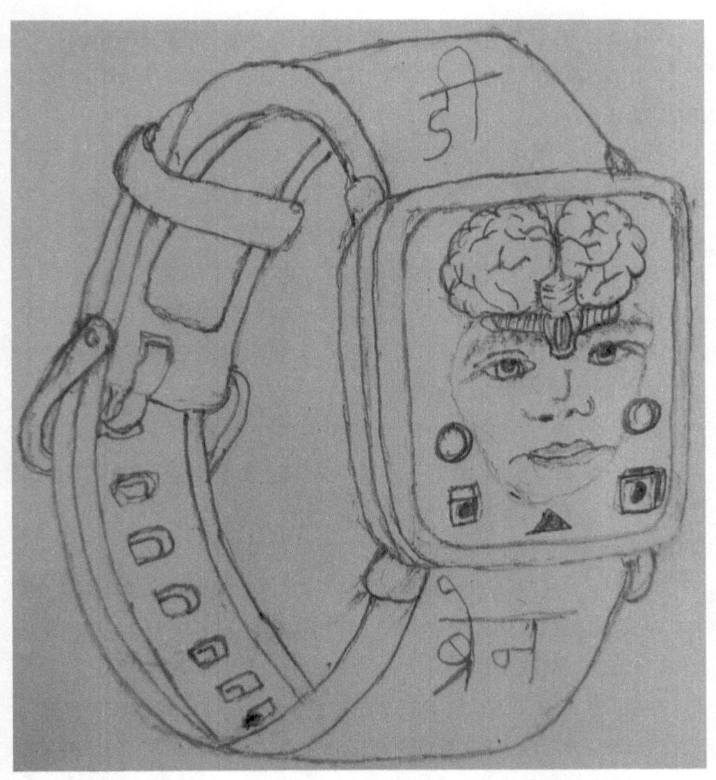

डी ब्रेन

डूमा:- हेलो डी ब्रेन, क्या तुम मेरी कुछ मदद कर सकते हो?

डी ब्रेन की आवाज :- हेलो मास्टर, कहिए मैं क्या कर सकता हूं ?

डूमा (खुशी से उछलते हुए):- क्या तुम बता सकते हो थोड़ी देर पहले यहां क्या हुआ ?

डी ब्रेन:- जी मास्टर, थोड़ी देर पहले यहां दो डार्क मंकीस यानी काले दिखने वाले दो बड़े बंदर तोड़फोड़ कर रहे थे I आप सब बेहोश पड़े हुए थे I

डैसमंड:- डी ब्रेन, क्या तुम बता सकते हो, यह हमला किस हथियार से किया गया था ? मेरा मतलब हमले में किस चीज का प्रयोग किया गया था ?

डी ब्रेन:- सॉरी मास्टर, जब मैं एक्टिवेट हुआ तब तक हमला हो चुका था, लेकिन फिर भी मैं इतना बता सकता हूं कि हमले के बाद गर्मी और चमक इतनी बढ़ गई थी कि आसपास की सारी चीज जल गई हैं I यह एक बहुत शक्तिशाली हमले का एक छोटा सा रूप था I मेरी जानकारी के अनुसार ऐसा ही एक बहुत बड़ा हमला सन 1945 में जापान के हिरोशिमा और नागासाकी में हुआ था I हो सकता है कि किसी ने अभी यूरेनियम का बहुत थोड़ा इस्तेमाल किया है I

डोडी:- बॉस अभी अचानक से मेरी सूंघने की शक्ति काफी बढ़ गई लगती है I मुझे आसपास ऐसी ही किसी धातु के होने की गंध मिल रही है I क्या चल कर देखें ?

डूमा:- क्या तुमने कभी धातु की गंध पहचानी है ?

डोडी:- नहीं लेकिन अब मैं ऐसा कर सकता हूं ऐसा मुझे लगता है, मेरे सूट पर लगे इस मास्क की वजह से अब मैं कुछ ऐसा सूंघ पा रहा हूं जैसा पहले नहीं कर पाता था I

डूमा:- डी ब्रेन, क्या तुम बता सकते हो कि वे दोनों अभी कहां होंगे ?

डी ब्रेन:- अभी मैं यह पक्का नहीं बता सकता क्योंकि वे दोनों मेरी रेंज से बाहर चले गए हैं I लेकिन इतना बता सकता हूं कि वह शहर की ओर भागे हैं I

डूमा:- ओ माय गॉड, फिर तो वे दोनों शहर में भी तबाही ला सकते हैं I हमें जल्द ही उन्हें ढूंढना चाहिए I

डैसमंड:- लेकिन पहले हमें यह पक्का मालूम करना चाहिए कि उन्होंने कैसा हमला किया है I पहले हमें उसे ओर चलना चाहिए जहां डोडी कह रहा है I

डियारा :- दोस्तों क्या पहले हमें अपने गांव और घर नहीं चलना चाहिए ? हमें देखना चाहिए कि वहां का क्या हाल है? हमारे माता-पिता कैसे हैं ?

डूमा:- डियारा तब तक बहुत देर हो जाएगी I हमें उन दोनों तबाही मचाने वालों को जल्द से जल्द रोकना पड़ेगा I डी ब्रेन क्या तुम बता सकते हो कि क्या वे मालूगी गांव की तरफ भी गए थे ?

डी ब्रेन:- मेरे डाटा के अनुसार वे लोग यहां से सीधा दाएं शहर की तरफ गए हैं जबकि मालूगी गांव हमारे बाएं तरफ है I मालूगी गांव में कोई नुकसान नहीं हुआ है I

डूमा:- धन्यवाद, दोस्तों अगर अब हम सुपर हीरोज बन चुके हैं तो हमारा फर्ज सभी लोगों को बचाना है I तो चलो जल्दी से डोडी के साथ पास वाली पहाड़ी तक चलते हैं और देखते हैं कि धातु कौन सी है ?

सभी एक साथ :- चलो-चलो

9
तबाही के बेकाबू सुपरनोवा

सब कुछ एम-4 के प्लान के हिसाब से चल रहा था कि तभी एक भयंकर गड़बड़ हो गई। डॉक्टर मिंग के लैपटॉप ने अचानक काम करना बंद कर दिया और वह उन दोनों को वापस लौटने की कमांड नहीं दे पा रहे थे। अब एक महीने से कुछ ऊपर का समय हो चुका था धीरे-धीरे यूरेनी और प्लूटोनी की याददाश्त भी कम हो रही थी। कमान्ड ना मिलने की वजह से दोनों अब मनमाना काम करने लगे थे। जब तक डॉक्टर मिंग के लैपटॉप ने दोबारा काम करना शुरू किया और संपर्क स्थापित हुआ तब तक वे दोनों अपने बॉस के नियंत्रण से बाहर हो चुके थे। बंदरों की आपसी छीना-झपटी में उनके कानों के पास की चिप गिर गई थी। एम-4 लैब में यह सुनकर खलबली सी मच गई। उन्होंने अचानक अपनी एक मीटिंग बुला ली।

डॉक्टर मिंग :- दोस्तों, एक बहुत ही बुरी खबर है।

मिस्टर मवाका :- क्या हुआ डॉक्टर? उन दोनों से दोबारा कोई संपर्क नहीं हो पा रहा है क्या?

डॉक्टर मिंग :- बॉस संपर्क तो हो गया है पर वो दोनों अब हमारे काबू में नहीं है।

मिस्टर मवाका :- ओह! ये तो बहुत बुरी खबर है। अगर वे दोनों किसी की पकड़ में आ गए तो?

डॉक्टर मिंग :- उन्हें जिंदा पकड़ना तो नामुमकिन है लेकिन उन्होंने अगर वहाँ पर पूरे शहर में तबाही मचा दी तो गड़बड़ हो जाएगी। अगर वह हमारे नियंत्रण में जल्दी नहीं आये तो उन्हें ढूंढकर मारना होगा।

मिलानीकोवा:- लेकिन हम उन्हें मारेंगे कैसे?

डॉक्टर मिंग :- चिंता मत करो जिसने उन्हें बनाया है उसके पास उन्हें खत्म करने की शक्ति भी है।उनकी छाती के पास एक न्यूरो ट्रांसमीटर लगा हुआ है। जिसे इस रिमोट से फ्यूज किया जा सकता है। लेकिन ऐसा करने के लिए कम से कम उनके 50 मीटर के नज़दीक जाना होगा।

एम0डी0सी0:- जो भी करना है, काफी सोच समझकर करना होगा क्योंकि इस मिशन में हमारा काफी पैसा और वक्त लगा हुआ है। अभी एक-दो दिन उन्हें कंट्रोल करने की कोशिश करो। अगर बात ना बने तो उन्हें खत्म करना पड़ेगा।

मिस्टर मवाका :- आप सही कह रहे हैं, किसी को भी हमारे इस मिशन की जानकारी नहीं लगनी चाहिए वरना सारा खेल खत्म हो जाएगा।

डॉक्टर मिंग :- ठीक है, मैं अभी से पूरी कोशिश करता हूँ। अगर 2 दिन के अंदर हमें कामयाबी नहीं मिली तो उन्हें खत्म कर देंगे। लेकिन उन्हें खत्म करने जाएगा कौन?

मिलानीकोवा:- डॉक्टर आप इसकी चिंता ना करें। यह काम करने मैं खुद जाऊंगा।

मिस्टर मवाका :- धन्यवाद सार्जेंट। आप एक जांबाज कमांडो है। चलिए काम पे लगते हैं।

10

सुडालू में घमासान

जैसे ही इन दोनों डार्क मंकीज़ का अपने बॉस से संपर्क कटा, वैसे ही इन्होंने मनमाने काम करना शुरू कर दिया। इन्होंने साथ वाले बंदरों से झगड़ना शुरू कर दिया और उन्हें मारकर भगाने लगे। धीरे-धीरे इनका रूप और भयंकर होने लगा। इन सबसे बेखबर डिवाइन डी टीम के सदस्य अपने प्रोजेक्ट के लिए जी जान से जुटे थे क्योंकि कल डिवाइन ड्रेस का प्रदर्शन एक बड़े स्तर पर किया जाना था। इस प्रदर्शनी में अफ्रीका के कुछ बड़े वैज्ञानिक भी भाग ले रहे थे। इसलिए इस टीम का पूरा ध्यान अपने काम पर लगा हुआ था। उन्हें आसपास होने वाली घटनाओं का कुछ पता ही नहीं चल रहा था। आज उन तीनों ने पूरी ड्रेस पहनकर रिहर्सल करने का फैसला लिया तथा अपने कुत्ते डोडी को भी इसे पहनाने की सोची।

इूमा :- अरे, दोस्तों, आओ, अपनी पूरी ड्रेस पहनकर देखें I

डैसमंड:- हाँ, चलो, चलो पहनते हैं।

डियारा:- हाँ, ठीक है, मैं भी अपनी ड्रेस पहनती हूँ। उसके बाद डोडी को भी पहनाएंगे।

(पूरी ड्रेस पहनने के बाद)

इूमा :- अरे वाह! क्या ज़बरदस्त है, इसमें तो हम सब पूरे सूपर हीरो लग रहे हैं।

डैसमंड:- सही कहा, यह ड्रेस तो हम सब पर बिल्कुल फिट बैठी है।

डियारा:- हाँ, मेरा बस चले तो आज से अब मैं रोज़ इसे ही पहनूंगी। चलो अब डोडी को पहनाते हैं।

(उनको इस तरह देखकर डोडी ने भौंकना शुरू कर दिया।)

डूमा :- अरे, माई डियर डोडी, ये मैं हूँ डूमा I घबराओ मत अब तुम भी थोड़ी देर में सुपरडॉग बन जाओगे।

काफी देर तक डिवाइन डी टीम ने अपनी लैब के सभी उपकरणों और खिलौना हथियारों की जांच की। काफी अँधेरा हो चुका था और उन्हें अब घर जाने की चिंता हो रही थी। लेकिन अभी उनका मन डिवाइन ड्रेस को उतारने का नहीं कर रहा था।

डूमा :- दोस्तों क्या इसी ड्रेस को पहनकर आज घर चलें I कल भी हम इसी तरह इस पूरी ड्रेस का प्रदर्शन करेंगे और प्रदर्शनी में इसके बारे में सबको बताएंगे।

डैसमंड:- चलो, चलो घर पहन कर इसको उतार देंगे।

डियारा:- हाँ हाँ, जल्दी चलो। नहीं तो मम्मी घर में डांटेगी।

(जैसे ही वो घर की तरफ चलने लगे, डोडी ज़ोर-ज़ोर से भौंकने लगा और जंगल की तरफ भागने लगा।)

डूमा :- हे डोडी! तुम ये क्या कर रहे हो? यहाँ बैठो, हम अब घर जा रहे हैं।

डैसमंड:- अरे डूमा, उधर देखो पास की पहाड़ी की ओर। यह कैसी रौशनी है? और जानवरों के चीखने की आवाजें भी आ रही है।

डूमा :- डोडी भी उधर ही भाग रहा है, चलो चलकर देखते हैं।

डियारा:- हे! तुम ये क्या कर रहे हो? वहाँ कोई जंगली जानवर का खतरा हो सकता है और हमे घर जाना है।

डूमा :- देखो, डोडी भी उधर ही भागा है, मैं उसे अकेला नहीं छोड़ सकता। डियारा, तुम यहाँ रुको। डेसमंड, क्या तुम मेरे साथ आ रहे हो?

डैसमंड:- हाँ, मैं चलता हूँ।

डियारा:- रुको, मैं भी आ रही हूँ।

(थोड़ी देर आगे चल कर जब भी लोग जंगल की पहाड़ी के पास पहुंचे तो उनकी आंखें फटी की फटी रह गई। सामने दो विशालकाय काले बंदर चमक रहे थे और दहाड़कर सभी जानवरों के पीछे भाग रहे थे।)

डियारा:- ओह माय गॉड ये क्या है? यह कौन से जानवर हैं, भागो यहाँ से I

डूमा :- दोस्तो भागो। ये दोनों हमारी ओर ही आ रहे हैं। लगता है उन्होंने हमें देख लिया है।

डैसमंड:- डोडी वापस आओ। भागो।

(थोड़ी देर बाद अपनी लैब वाले झोपड़े के पास पहुँच कर)

डियारा :- मैं बुरी तरह थक गयी हूँ, मैं अब और नहीं भाग सकती।

डूमा :- तुम लोग पागल हो गए हो क्या? वे पीछा करते हुए यहाँ भी आ जाएंगे। चलो भागो।

डैसमंड:- मेरी बात मानो तो लैब के अंदर घुस जाओ। शायद बच जाएंगे। हम भागने में उनका मुकाबला नहीं कर पाएंगे।

डूमा :- फिर जल्दी अंदर चलो। डोडी को भी अंदर करो और दरवाजा बंद कर लो।

सभी फटाफट अंदर घुस जाते हैं और दरवाजा बंद कर लेते हैं। वे बहुत डरे हुए हैं। ऐसे अजीब से जानवर उन्होंने अपने पूरी जिंदगी में नहीं देखे। और आज देखे तो वो भी दो-दो।

डूमा :- ये कैसे अजीब से जानवर हैं। जानवर में इतनी चमक नहीं होती। वे बहुत ताकतवर हैं।

डैसमंड:- उनके हाथ लोहे की किसी मशीन की तरह लग रहे थे। क्या वे दैत्य थे ?

डियारा :- पता नहीं जो भी हो, लेकिन वे बहुत खतरनाक दिख रहे थे। मैंने पहले कभी उनके बारे में ना सुना है, ना पढ़ा है।

डूमा :- अगर वो यहाँ आए तो हम उनका मुकाबला कैसे करेंगे?

डियारा :- मुकाबला छोड़ो, हम तो उनके आगे एक सेकंड भी नहीं टिक पाएंगे। हमारे पास तो और कहीं छुपने की जगह भी नहीं है। उनके पास एक चमकने वाली अजीब सी शक्ति है जिसे वह अपने मुँह और आँखों से छोड़ रहे थे।

डूमा :- डरपोकों की तरह सोचना बंद करो I हमारे पास लोहे के मशीन गन जैसे बड़े खिलौने है। जिसमें पेट्रोल भरकर हम आग के गोले की तरह उन पर छोड़ सकते हैं।

डैसमंड:- अब हम ऐसा ही कुछ कर सकते हैं। नहीं तो वो हमे वैसे भी मार ही डालेंगे। चलो पूरी शक्ति के साथ लड़ें। हम टीम डिवाइन डी है, हम बिना लड़े हार नहीं मान सकते।

डियारा :- आओ सब मिलकर गाएं, डिवाइन डी ऐन्थम।

डिवाइन डी, डिवाइन डी,

हम हैं टीम डिवाइन डी।

हम हैं जैसे उडते पतंग,

सदा रहते सच्चाई के संग।I

आओ सब मिलाओ हाथ,

लड़ेंगे पूरी ताकत के साथ I

आने वाले कल के नायक,

हम हैं शक्ति के परिचायक II

रखते खबर हर पल की,

हम हैं टीम डिवाइन डी II

(अब टीम डिवाइन डी पूरी तरह से तैयार थी अपने से कई गुना ताकतवर दुश्मन के साथ टिकराने को)

11

डिवाइन डी शक्तियों की जांच

पास के पहाड़ के पास पहुंचकर सभी की आंखें फटी की फटी रह गई I पहाड़ी की एक तरफ नीचे खड़ी ढलान पर एक बहुत बड़ा खड्डा बना हुआ था I

डूमा:- बिना मशीन के इतना बड़ा खड्डा करना नामुमकिन है I और इतनी ढलान पर तो मशीन भी नहीं जा सकती, ना ही आदमी I फिर इतना बड़ा खड्डा हुआ कैसे होगा ?

डियारा :- दूसरी बात किसी ने इतना बड़ा खड्डा क्यों किया होगा ?

डैसमंड:- चलो चलकर देखते हैं I हमारे पास वक्त बहुत कम है I

डियारा :-लेकिन वहां तक जाएंगे कैसे ?

डूमा:- अगर हम सुपर हीरोज बन गए हैं, तो हमारे पास और भी शक्तियां होगी I उनको आजमाने का समय आ गया है I चलो अपने दस्तानों और जूते के क्लिफ हुक का इस्तेमाल करते हैं I जब हम पहाड़ी पर छलांग लगाएंगे तो वे अपने आप बाहर निकल जाएंगे और हम पहाड़ी से चिपक जाएंगे I

डियारा :- और अगर नहीं चिपके तो सीधे खाई में जाएंगे I

डोडी:- फिर ऐसा करो मैं आगे आगे चलता हूं तुम मेरे पीछे-पीछे आना I

डूमा:- रुको मैं जरा डी ब्रेन से पूछता हूं I डी ब्रेन क्या तुम बता सकते हो कि हमारी डिवाइन ड्रेस की शक्तियां पूरी तरह से एक्टिवेट हो गई है या नहीं ?

डी ब्रेन:- मेरे डाटा के अनुसार आपके डिवाइन सूट की शक्तियां पूरी तरह से एक्टिवेट हो गई हैं I आप इनका इस्तेमाल कर सकते हैं I

डियारा :- क्या पहाड़ी पर चलती बार दस्तानों और जूते के क्लिफ हुक अपने आप काम करेंगे ?

डी ब्रेन:- जी बिल्कुल, लेकिन थोड़ी सावधानी के लिए अपने एंटी ग्रेविटी बटन को थोड़ा दबा लें तो शरीर का भार काफी कम हो जाएगा I इससे आप और तेजी से ऊपर चढ़ पाएंगे I

डियारा :- धन्यवाद डी ब्रेन, दोस्तो चलो अपना काम शुरू करें

फिर उन चारों ने पहाड़ी पर चलना शुरू किया I दस्तानों और जूते के क्लिफ हुक खुल गए इससे वह खड़ी पहाड़ी पर भी आराम से चल सकते थे I जल्द ही वे उसे बड़े गड्ढे के पास पहुंच गए I

डोडी:- बॉस जैसा मैंने कहा था, मेरा शक सही है I इन पत्थरों में मौजूद धातु यूरेनियम ही है I यहां यूरेनियम की बड़ी खदान है I

डूमा:- ओह गॉड, यह तो एक हैरान और परेशान करने वाली खबर है I हमें तो पता ही नहीं था कि हमारे आसपास भी यूरेनियम की खदानें हैं I आखिरकार यह कौन है जो यहां से यूरेनियम चुरा रहा है ? अगर यह काम उन दो बड़े बंदरों का है, तो वे किसके लिए काम कर रहे हैं ?

डियारा :- मैंने एक साइंस पत्रिका में पढ़ा है कि कुछ लोग अवैध तरीके से परमाणु परीक्षण करने का प्रयास कर रहे हैं I उनके इरादे बहुत ही खतरनाक हो सकते हैं I लेकिन यह अफवाहें हैं या सच अभी किसी को पता नहीं है I

डैसमंड:- कहीं ऐसा तो नहीं इन खूंखार बंदरों को ऐसे ही कुछ लोगों ने प्रशिक्षित किया हो I हमारे तानाशाह जनरल मुसाबा के पास ऐसे यूरेनियम और परमाणु भंडारों का होना बहुत खतरनाक है I यह बात हमें सबसे छुपा कर रखनी होगी I नहीं तो एक और बड़ा खतरा पैदा हो जाएगा I

डूमा:- बिल्कुल सही कहा, सबसे पहले तो हम उन दोनों खूंखार प्राणियों को रोकना होगा I उन्हें जिंदा पकड़ना होगा ताकि उनको प्रशिक्षित करने वालों का पता लग सके I

डैसमंड:- लेकिन यह सब करेंगे कैसे, माना कि हमारे पास शक्तियां है पर क्या यह शक्तियां उनको जिंदा पकड़ने करने के लिए काफी होगी ?

डियारा :- इसके लिए तो हमें उनकी कमजोरी पता करनी होगी I यह सब हमें उनके आसपास पहुंचकर ही पता लग सकता है I

डूमा:- चलो जल्दी से आसपास के इलाके को चेक करते हैं शायद वहां कुछ मिल जाए I इसके बाद हमें सीधा शहर की ओर जाना होगा I

कुछ शक्तियों के आते ही अब टीम डिवाइन डी का काम आसान हो गया था जैसे की डोडी के सूंघने की क्षमता कई गुना बढ़ गई थी और उन चारों के स्कैनर चश्मे अब सेंसर के साथ काम करने लगे थे और छोटी-छोटी चीजों को भी जूम कर सकते थे I इनमें अब नाइट विजन कैमरा भी लगे थे जिससे वे रात में देख सकते थे I बहुत जल्दी वे पास की पहाड़ी पर पहुंच गए I वहां का नजारा बहुत खौफनाक था I बंदरों का एक पूरा झुंड वहां मरा पड़ा था जैसे उन्हें किसी ने जला दिया हो I उनकी चमड़ी पूरी तरह से जल गई थी I केवल हड्डियों के ढांचे ही नजर आ रहे थे I यह दृश्य देखकर वे चारों चौंक गए I

डूमा:- यह तो बिल्कुल वैसा ही हमला है जैसा हम पर हुआ था लेकिन हैरानी की बात यह है कि हम पर इसका कोई असर नहीं हुआ उल्टा हम और ताकतवर हो गए I

डोडी:- बॉस यह निश्चय ही एक बहुत छोटा परमाणु हमला लगता है I इसकी दुर्गंध से ऐसा लगता है कि कहीं ना कहीं इसमें थोड़ी मात्रा में यूरेनियम का प्रयोग हुआ है I

डियारा :- यह तो बहुत डरा देने वाली बात है I अगर हमने उन दोनों को नहीं रोका तो वह पूरा शहर तबाह कर देंगे और आसपास के इलाके भी नहीं बचेंगे I हमें जल्द उनकी तलाश करनी होगी I

डूमा:- अगर हम पर इस हमले का कोई असर नहीं हुआ, तो इसका मतलब है कि निश्चय ही परमाणु ऊर्जा हमें नुकसान नहीं पहुंचा पाई I

तो हमें उन दोनों से ज्यादा डरने की जरूरत नहीं है और डटकर मुकाबला करना चाहिए I

डैसमंड (नीचे से कुछ उठाते हुए):- अरे रुको, यह कैसा यंत्र है, छोटा सा एक चिप की तरह ? जब आसपास की सारी चीज जल गई है तो यह कैसे बच गया ?

ड्रूमा:- अरे यह क्या है ? डी ब्रेन क्या तुम पहचान सकते हो कि यह क्या है ?

डी ब्रेन:- मास्टर यह एक मेमोरी चिप लगती है जिस किसी के शरीर में फिट किया गया हो I यह ऐसे पदार्थ की बनी है जिस पर तापमान का कोई फर्क नहीं पड़ता I संभवत या किसी की याददाश्त को बढ़ाने के लिए इस्तेमाल की गई हो I

ड्रूमा:- कोई तो है जो यह सारा खेल रच रहा है I इस चिप को संभाल कर रख लो काम आएगी I अभी जल्दी से चलो शहर की ओर I

अचानक सभी अपनी-अपनी डिवाइन सूट के एंटी ग्रेविटी बटन को दबाकर शहर की ओर उड़ गए जहां उन्हें तबाही के दोनों भाइयों, यूरेनी और प्लूटोनी को काबू में करना था I

12

एम-4 में मची खलबली

मिस्टर मवाका :- डॉक्टर मिंग, उन दोनों से कोई संपर्क हुआ क्या ?

डॉक्टर मिंग :- हां बॉस, मैंने उनकी लोकेशन ट्रेस कर ली है, परंतु वे दोनों मेरा कोई आदेश नहीं मान रहे हैं, लगता है उनका न्यूरो कंट्रोल सिस्टम पूरी तरह से काम नहीं कर रहा I

मिस्टर मवाका :- तो क्या वे हमारे कंट्रोल से बाहर हैं ?

डॉक्टर मिंग :- हां फिलहाल के लिए तो बाहर ही हैं, लेकिन मैं इसे रिपेयर कर सकता हूं I हो सकता है इसमें कुछ ज्यादा वक्त लग जाए I

मिस्टर मवाका :- कितना वक्त ?

डॉक्टर मिंग :- एक या दो दिन या इससे थोड़ा ऊपर I

मिलानीकोवा:- अगर इतने समय के लिए हुए आजाद घूमते रहे तो क्या हो सकता है ?

डॉक्टर मिंग :- पक्का कुछ नहीं कह सकते, पर कई बार ऐसे मौके पर जब उनके ऊपर हमारा कोई कंट्रोल नहीं होता तो ऐसे प्राणी काफी खूंखार हो जाते हैं और तबाही मचा डालते हैं क्योंकि उनको अपना मकसद पता नहीं रहता I उनका व्यवहार अचानक से बदल जाता है और वह खुद को ही मालिक समझने लगते हैं I

मिस्टर मवाका :- तो यह तो सच में बहुत खतरनाक है, उनका इस तरह आजाद घूमना हमारे मिशन के लिए बहुत खतरनाक हो सकता है I

मिलानीकोवा:- तो हमें क्या करना चाहिए ?

मिस्टर मवाका :- मेरी समझ से तो हमें उन्हें खत्म कर देना चाहिए I

एम0डी0सी0:- लेकिन उन पर हमारा काफी वक्त और पैसा लगा है ? क्या अचानक से ऐसे करना समझदारी होगी ?

मिस्टर मवाका :- मैं तुम्हारी चिंता समझ सकता हूं, लेकिन इसके अलावा हमारे पास कोई दूसरा चारा भी नहीं है ? अगर उन्होंने ज्यादा तबाही मचाई और वे किसी की पकड़ में आ गए या कभी उन्होंने खुद ही आत्मसमर्पण कर दिया I तो यह हमारे मिशन के लिए बहुत ही खतरनाक है I

मिलानीकोवा:- आप सही कह रहे हैं मिस्टर मवाका, मिशन तो हम दोबारा भी तैयार कर लेंगे लेकिन अगर किसी को हमारे इस मिशन की जानकारी लगी तो सब कुछ खत्म हो जाएगा I

डॉक्टर मिंग :- हां मैं भी इस बात से सहमत हूं, लेकिन हमारे पास एक मौका है I उनको कंट्रोल करने का बटन भी इस रिमोट में है I अगर यह काम कर गया तो ठीक है नहीं तो यह दूसरा बटन उनको एक जोरदार धमाके के साथ उड़ा देगा I अगर हम यह कर सकें तो ?

मिस्टर मवाका :-सार्जेंट इस बारे में आपका क्या कहना है ?

मिलानीकोवा:- हां बिल्कुल इसके लिए मैं तैयार हूं, डॉक्टर मिंग उनकी लोकेशन इस वक्त कहां है

डॉक्टर मिंग :- वे इस वक्त सडालू शहर के दक्षिण में पहुंचने वाले हैं I

मिलानीकोवा:- मैं अपने साथ एक अल्ट्रा बोट लेकर सुडालू शहर जा रहा हूं, मैं अभी निकलता हूं I तुम मुझे एक वोट, एक बुलेट प्रूफ सूट, एक सबसे एडवांस मशीन गन और यह रिमोट दे दो I

मिस्टर मवाका :- सार्जेंट तुम अपने साथ कुछ कमांडोज लेकर नहीं जाओगे क्या ?

मिलानीकोवा:- नहीं मैं ऐसा नहीं कर सकता, या एक बेहद खुफिया मिशन है I इसमें जितने कम लोग मेरे साथ हो उतना ही अच्छा I मैं नहीं चाहता कि कोई भी वहां की आर्मी के हाथ पड़ जाए और सारा मिशन फेल हो जाए I अगर मैं खुद भी गलती से कहीं उनके सैनिकों के हाथ चढ़ गया तो अपने आप को ही गोली से उड़ा लूंगा, पर मिशन फेल नहीं होने दूंगा I

मिस्टर मवाका :- क्या बात कही है सार्जेंट, तुम्हारे जैसे लोग जब तक इस मिशन में शामिल है यह मिशन कभी फेल नहीं हो सकता I ठीक है फिर ऑल द बेस्ट I

डॉक्टर मिंग :- रुको, अपने बाजू पर यह मेटल का बैंड बांध लो I

मिलानीकोवा:- इससे क्या होगा ?

डॉक्टर मिंग :- इसमें सेंसर लगा है I बिल्कुल ऐसा ही एक सेंसर उन दोनों के शरीर में लगा है I जब तुम उनके लगभग 1 किलोमीटर के पास पहुंच जाओगे तो यह सेंसर बज उठेगा और तुम्हें उनकी लोकेशन मिलती रहेगी I

मिलानीकोवा:- बहुत-बहुत बढ़िया, इसे मुझे दे दो I

डॉक्टर मिंग :- और इसका कनेक्शन सीधा हमारे साथ है I तुम जहां पर होंगे हमें तुम्हारी लोकेशन मिलती रहेगी I

मिलानीकोवा:- ठीक है, अब मैं चलता हूं गुड बाय I

एम0डी0सी0:- गुड लक सार्जेंट, तुम्हारा यह मिशन कामयाब रहे I

थोड़ी देर के बाद पूरी तैयारी के साथ सार्जेंट मिलानीकोवा वहां से रवाना हो गया I

13

दो सुपर पावर का आमना सामना :- सुडालू का संग्राम

आखिरकार तबाही के दोनों सुपरनोवा शहर तक पहुंच ही गए I दोनों यहां-वहां तबाही मचाने लगे I लोग डरकर छुपने लगे या भागने लगे I वहां पर मौजूद तानाशाह जनरल मुसावा के सैनिकों ने जब यह देखा तो उन्हें लगा कि यह दुश्मन विद्रोहियों की कोई चाल है I उन्होंने अपने हथियारों से उन पर हमला किया लेकिन यूरेनी और प्लूटोनी पर इनका कोई असर नहीं हो रहा था I उन्होंने अपना आकार बड़ा कर लिया और जो सामने आया उसी को मसल दिया I दो विशाल खूंखार जानवर जैसे पूरे शहर को खा जाना चाहते हों I उन्हें रोकना किसी भी आम आदमी के बस की बात नहीं थी I उन्हें तो कोई सुपर पावर ही रोक सकती थी और यह लो सुपर हीरोज टीम डिवाइन डी भी आकाश को चीरती हुई यहां पहुंच गई I आखिरकार दो सुपर पावर्स का आमना सामना हो ही गया I

इूमा:- ए बड़े काले बंदरो रुक जाओ, तुम इस तरह हमारे शहर को बर्बाद नहीं कर सकते I तुम्हें अभी इसी वक्त यहां से जाना होगा I

यूरेनी:- हा हा हा, अरे छोटे चूहो ! तुम अब तक जिंदा हो ? असंभव I लेकिन तुमने अपनी मौत को चुना है I अब तुम्हें हमसे कोई नहीं बचा सकता I

डैसमंड:- देखो हमारी तुमसे कोई दुश्मनी नहीं है I तुम्हारे दिमाग पर किसी ने कब्जा कर रखा है I तुम चुपचाप अपने आप को हमारे हवाले कर दो I हम तुम्हें नुकसान नहीं पहुंचाएंगे I

प्लूटोनी :- तुम हमें क्या नुकसान पहुंचाओगे ? नुकसान तो हम तुम्हें पहुंचाएंगे और वह भी ऐसा कि तुम्हारा नामोनिशान तक मिट जाएगा I

यूरेनी:- हम तुम्हारी हड्डियां तक जलाकर उनकी राख बना देंगे I हमारे दिमाग पर किसी का कब्जा नहीं I हम अपनी मर्जी के मालिक हैं I कब्जा तो हम करेंगे पूरी दुनिया पर I

इतना कह कर वे दोनों पूरे जोर से डूमा और डैसमंड पर शक्तिशाली परमाणु किरणों से हमला कर दिया I लेकिन वह दोनों हैरान रह गए जब उन्होंने देखा कि उन दोनों पर तो इसका कोई असर ही नहीं हुआ उल्टा दोनों और ताकतवर होते गए I

यूरेनी:- अरे नहीं यह नहीं हो सकता, यह क्या हो रहा है ? हमारे हमले काम क्यों नहीं कर रहे हैं ?

डूमा:- तुम्हारा अंत नजदीक आ गया है मूर्ख प्राणियों, अभी भी कह रहा हूं कि अपने आप को हमारे हवाले कर दो और गलती मान लो I

प्लूटोनी :- तुम्हें क्या हम बेवकूफ दिखते हैं ? तुम सिर्फ अपना रूप बदल सकते हो, हमें हरा नहीं सकते I यह लो एक और अटैक

इतना कहकर वह वहां पर खड़ी डियारा और डोडी पर हमला करता है, लेकिन उल्टा वे दोनों भी ताकतवर होते जाते हैं I आग बबूला होकर यूरेनी अपने हाथों से स्टील के तेज हथियार निकलता है और डैसमंड का गला पकड़ लेता है I उसको बचाने के लिए डूमा आगे आता है लेकिन प्लूटोनी उसे एक ही झटके से दूर पटक देता है I

डूमा:- उफ़ मेरी तो हड्डी टूट गई, यह तो सच में बहुत ताकतवर है I इससे तो हम सब मिलकर भी नहीं लड़ पाएंगे I

डोडी :- डूमा बॉस अपने आप को बचाओ और और डी ब्रेन से पूछो कि क्या करना है I

डूमा:- डी ब्रेन, मुझे तुम्हारी मदद की जरूरत है I मुझे बताओ इन दैत्य जैसे जानवरों से कैसे निपटें ?

डी ब्रेन:- मास्टर, आप ताकत के दम पर इनसे नहीं जीत सकते I इनके पास परमाणु ऊर्जा की शक्ति है I अगर इनको हराना है तो आप अपनी कैडमियम रॉड सुपर गन का जल्दी से इस्तेमाल करो I इससे उनकी ताकत धीमी हो जाएगी I यह परमाणु ऊर्जा को धीमा करने का एकमात्र उपाय है I

इतना सुनते ही डूमा बिजली सी फुर्ती के साथ उठकर खड़ा होता है और अपनी सुपर गन से यूरेनी पर कैडमियम रॉड्स का फायर करता है I इससे यूरेनी को एक बिजली की तरह झटका लगता है I और उसकी पकड़ से डैसमंड छूट जाता है I

सुडालू का संग्राम

यूरेनी:- अरे यह मुझे क्या हो रहा है ? मेरी शक्ति कम क्यों हो रही है ? आह-आह

प्लूटोनी :- अरे घबराओ नहीं दोस्त, मैं अभी इन्हें सबक सिखाता हूं I

यूरेनी:- नहीं नहीं ऐसा मत करो I इनके पास कोई ऐसी बंदूक है जो हमारी शक्ति छीन रही है I जल्दी से मुझे यहां से लेकर भागो I अभी मुकाबला करने के समय नहीं है I

प्लूटोनी :- ठीक है भाई, जैसा तुम कहो, चलो I

प्लूटोनी उसे उठाकर बहुत तेजी से उलटी दिशा में भागने लगता है I उसे भागते देखकर...........

डियारा :- अरे वे भाग रहे हैं, हमें उन्हें जिंदा पकड़ना है I

डैसमंड:- चलो उनका पीछा करो I

जैसे ही वे उनके पीछे भागते हैं, प्लूटोनी कोई जहरीली सी गैस चारों तरफ छोड़ता है, जिससे कुछ पल के लिए टीम डिवाइन डी को कुछ नहीं दिखाई देता I जैसे ही वे आंखें खोलते हैं सामने से दोनों विराट जानवर गायब हो चुके होते हैं I

डैसमंड:- यह सब क्या था, एक पल के लिए तो मैं अंधा ही हो गया था I

डोडी :- मुझे लगता है उन्होंने हमारे ऊपर किसी नई आविष्कार की गई गैस का प्रयोग किया था, यह तो हमारे सूट ने हमें बचा लिया वरना हम बेहोश भी हो सकते थे I

डूमा:- डी ब्रेन, वे दोनों किस तरफ गए हैं ?

डी ब्रेन:- वे यहां से थोड़ी ही दूर समुद्र तट की ओर गए हैं, उनमें से एक थोड़ा घायल सा लगता है, जिसे दूसरे ने उठा रखा है I

डूमा:- थैंक यू I चलो दोस्तो अभी वे बिल्कुल पास ही है, हम उन्हें जिंदा पकड़ सकते हैं I हमारी कैडमियम रॉड गन उन पर सही काम कर रही है I यही मौका है उनको दबोचने का I

डियारा :- इतना तो पता चल ही गया है कि उन्हें परमाणु ऊर्जा से बनाया गया है I या एक बहुत खतरनाक खेल है I चलो उन्हें जिंदा काबू कर ले I

टीम डिवाइन डी एक बार फिर उड़ गई अपने मकसद की ओर I

14

बेकाबू शक्तियों का अंत

थोड़ी देर बाद यूरेनी को लेकर प्लूटोनी समुद्र तट किनारे पहुंच गया I

यूरेनी को नीचे रखने के बाद

प्लूटोनी :- भाई अब तुम कैसा महसूस कर रहे हो ?

यूरेनी :- अब थोड़ा अच्छा है, लेकिन लगता है किसी ने मेरी ऊर्जा को आधा कर दिया है I

प्लूटोनी :- पता नहीं यह बच्चे कौन है और उनकी बात इतनी ताकत कहां से आई ? इनके ऊपर तो हमारे किसी हमले का असर ही नहीं हो रहा है I

यूरेनी :- पता नहीं, लेकिन अब मैं और नहीं लड़ सकता , मुझे और यूरेनियम शक्ति चाहिए I

प्लूटोनी :- अभी कुछ समय तक हमें छुप कर रहना चाहिए I हमें इंतजार करना होगा I

यूरेनी :- चलो, मुझे जल्दी किसी जंगल की तरफ ले चलो I

प्लूटोनी :- जरा रुको, मैं तुम्हें अपने शरीर की ऊर्जा देने की कोशिश करता हूं I

इतना कहते ही वह अपने अंगूठे पर लगी चिप से यूरेनी के माथे के ऊपर लगी छोटी सी चिप से चिपकाकर ऊर्जा देने की कोशिश करने लगा

जैसा कि उसके बॉस ने उसे ट्रेनिंग के दौरान सिखाया था I

थोड़ी देर ऐसा करने के बाद....

यूरेनी :- अब मुझे काफी बेहतर लग रहा है I लगता है मेरी कुछ शक्ति लौट आई है I अब मैं थोड़ी देर लड़ सकता हूं I

प्लूटोनी :- पर बेहतर होगा कि हम उन बच्चों का मुकाबला ना करें, अगर उनकी बंदूक हम पर दोबारा चली तो बहुत गड़बड़ हो सकती है I

यूरेनी :- तो चलो दूर जंगल की ओर भाग चलते हैं I

इतने में वहां जोर की आवाज हुई और देखा तो सामने टीम डिवाइन डी खड़ी थी I

ड्रूमा:- हेलो दोस्तो, हैरान तो नहीं हुए हमें यहां देखकर ? हम फिर आ गए I

दोनों तबाही के भाइयों ने फिर से अपनी पोजीशन ले ली I

प्लूटोनी :- देखो हमको कमजोर मत समझना, हमें वापस जाने दो I

ड्रूमा:- मेरी बात को समझो, कोई तुम्हारा इस्तेमाल कर रहा है I यह एक बहुत बड़ी साजिश का हिस्सा है I चलो मिलकर उन तक पहुंचें I

यूरेनी :- तुम चुपचाप हमारा रास्ता छोड़ो नहीं तो आर-पार के लिए तैयार रहो I

जैसे ही ड्रूमा अपनी सुपर गन से प्लूटोनी पर निशाना लगाने की कोशिश करता है, तो वह अचानक से एक बटन दबाकर अपना आकर बहुत छोटा कर लेता है और पानी में छलांग लगा देता है I देखते ही देखते प्लूटोनी भी अपना आकार बदलकर समुद्र में कूद जाता है I

ड्रूमा:- अरे यह क्या हुआ, डी ब्रेन, जल्दी बताओ क्या करें ?

डी ब्रेन:- मास्टर, तुम सब पानी पर चल सकते हो, जल्दी से अपने सूट की ग्रेविटी कम करो और इसे पानी पर सेट करो I जल्दी करो जिससे पहले कि वे दोनों मेरी रेंज के बाहर चले जाएं I

यह सुनते ही डिवाइन डी ने भी थोड़ा घबराते हुए अपने पैर समुद्र के पानी पर रखे और पानी पर चलने लगे I यह उनके लिए एक नई और बहुत बड़ी बात थी I धीरे-धीरे वे पानी पर दौड़ने लगे और दोनों खूंखार काले बंदरों की दिशा की ओर चलने लगे I कुछ दूर चलते ही उन्हें पानी में वे दोनों तैरते हुए दिखाई दिए I उन्हें तैरने में परेशानी हो रही थी तो

उन्होंने अपना रूप दोबारा बड़ा कर लिया था I

डूमा:- हेलो भाइयों, कैसा लगा हमारा सरप्राइज I

प्लूटोनी :- समझ नहीं आता तुम हमारे पीछे क्यों पड़े हुए हो I अब हम दोबारा कभी नहीं आएंगे, हमें जाने दो I

डैसमंड:- जो नुकसान तुम पीछे करके आए हो उसकी भरपाई कौन करेगा ? जो लोग तुम्हारे पीछे हैं वे बहुत खतरनाक है पूरी दुनिया को अपने कब्जे में करना उनका मकसद है I तुम उन्हें पकड़वाने में हमारी मदद कर सकते हो I

यूरेनी :- कौन लोग, कैसे लोग ? तुम लोग यह कैसी बातें कर रहे हो ? हमें कुछ याद नहीं I

डियारा :- तुम लोग एक बार हमारे साथ चलो I हम वादा करते हैं कि हम तुम्हें कोई नुकसान नहीं पहुंचने देंगे I

यूरेनी :- तुम हो कौन, तुम हमें जाने से नहीं रोक पाओगे I

इतना कहते ही अचानक से प्लूटोनी ने अपने स्टील वाले बड़े नाखून निकाले और डियारा पर टूट पड़ा I उधर से डैसमंड ने बड़ी मशीन गन निकालकर प्लूटोनी पर फायर कर दिया इसमें बहुत सारी गोंद जैसी कोई चिपकाने वाली चीज निकलकर प्लूटोनी के शरीर पर चिपक गई I इतना बड़ा शरीर होने के बावजूद उसे हिलने में बहुत मुश्किल होने लगी I डोडी ने अपने पंजों से कोई काली सी स्याही पूरे जोर के साथ यूरेनी की आंखों में फेंकी जिससे उसे दिखना बंद हो गया I इसका फायदा उठाकर डूमा ने डियारा को आजाद करवा लिया I एक मोटी लोहे की जंजीर अपने आप डियारा के दस्तानों से निकलती गई जिससे उसने दोनों यूरेनी और प्लूटोनी को बांधना शुरू कर दिया I उनका मकसद कामयाब होने ही वाला था कि तभी पीछे से तेजी से एक शार्क जैसे दिखने वाली आकृति आई जिसने पानी में उन सबको जोर का धक्का मारा और दूर गिरा दिया I जंजीरों में बंधे हुए दोनों विशालकाय बंदर फिर से आजाद हो गए और दूर जा गिरे I जिससे पहले कि टीम डिवाइन डी संभलकर द्वारा खड़ी हो पाती, पानी में दो जोरदार धमाके हुए और यूरेनी और प्लूटोनी के शरीर के बम की तरह फट गए I यह सब कुछ इतना तेज हुआ कि उनमें से कोई समझ ही नहीं पाया कि क्या हो गया ? जब वे लोग संभले तब तक

शार्क वाली आकृति तेजी से पानी में दूर कहीं गायब हो गई I उसका कहीं कोई निशान नहीं मिला I

बेकाबू शक्तियों का अंत

डूमा:- दोस्तो, क्या तुम सब ठीक हो ?

सभी :- हां हां हम सब तो ठीक हैं, लेकिन यह सब क्या हो गया ? आखिर एक मछली जैसी दिखने वाली विशाल आकृति ने मिनट में यह सब कैसे कर दिया ?

डूमा:- पता नहीं, मैं खुद हैरान हूं I हमारा उनको जिंदा पकड़ने का प्रयास सफल नहीं हुआ I

डियारा :- लेकिन दोस्तों हम सब असफल नहीं हुए हैं, हमने जो पाया वह हमारी जिंदगी का सबसे बड़ा मकसद है I

डैसमंड:- बिल्कुल हमें जैसे भी यह शक्तियां मिली हैं, हमें एक नया जन्म मिला है जो लोगों की भलाई करने के लिए है, क्योंकि अब से हम

हैं एक यंग सुपर हीरोज की टीम डिवाइन डी

डोडी :- चलो यहां समुद्र में उन दोनों के शरीरों के टुकड़े इकट्ठा करें और कुछ जानने की कोशिश करें क्योंकि हमें हर हाल में परमाणु शक्तियों का दुरुपयोग करने वाले लोगों तक पहुंचना है I

उन्होंने वहां पास के पानी में डुबकी लगाई तथा जो भी सबूत मिल सकते थे, इकट्ठा कर लिए I

उसके बाद उन्होंने इकट्ठा होकर डिवाइन डी ऐन्थम गाया I

उन्होंने नोटिस नहीं किया कि समुद्र किनारे बहुत से लोग इकट्ठा हो गए थे I

कुछ बच्चे जोर-जोर से बोले:- "बुरे लोग मारे गए, हमें बचाने के लिए देखो वह आए हैं हमारे अपने सुपर हीरोज I कौन कहता है अफ्रीका में सुपर हीरोज नहीं होते I वह देखो, वह देखो सुपर हीरोज की टोली" I

डिवाइन डी फिर से चल पड़े, एक नए पड़ाव की ओर I

पर कुछ अनसुलझे से सवाल उनके मन में भी रह गए I आखिरकार प्लूटोनी और यूरेनी को किसने मारा, क्यों मारा I क्या रहस्यमय मछली की आकृति सिर्फ एक मछली थी या फिर कुछ और ? इधर कुछ अनसुलझे सवाल पाठकों के मन भी है I क्या सार्जेंट मिलानीकोवा और एम-4 का मकसद पूरा हुआ ? एक शार्क मछली में इतनी ज्यादा शक्ति कहां से आई जो उसने इतने जोर के धमाके कर डाले कि इतने विशालकाय शक्तियों वाले प्राणी कुछ ही सैकड़ो में धराशाही हो गए ? इन सब का जवाब मिले बगैर टीम डिवाइन डी आराम से नहीं बैठेगी I आखिर क्या होगा उनका अगला मिशन ??????????

इन सब के जवाब जल्द ही मिलेंगे डिवाइन डी सीरीज के अगले भाग में I